跨度长篇小说文库

Kuadu Novel Series

跨度长篇小说文库
Kuadu Novel Series

哪有那么容易

长篇小说

流岚◎著

中国文史出版社

一

李文娟回到家里又一次和丈夫大吵起来，丈夫王福生赌气摔门出去了。

你看看他，每次就这样，我还没跟他说完呢，他就往出走。李文娟指着王福生的背影，对婆婆董云说。

董云走过来安慰着儿媳，你还不知道他吗？他从小就这样，从来不愿意跟人吵架；你也是，有什么事不能好好说。

我和他结婚真是倒了八辈子霉了，你看看人家别的男的，也用不着我这样呀，整天为了钱在想办法。李文娟怒气未消地说。

按说咱们家的日子也过得去，可是你偏偏要把琪琪上学的钱拿去炒股，可你炒就炒呗，你说说现在这股市全给套住了，你着急他也着急。董云想安慰李文娟，可说话的语气却有些生硬。

李文娟感到不是心思，她本想在婆婆那里找到一些同情和支持，可从董云的语气中可以听得出来，是在埋怨她。

李文娟也赌气不吃饭了，走回自己的卧室。

这是东江市这个春天的第一场雨，下得淅淅沥沥的，路上有些滑。

王福生低着头毫无目的地向前走着。

十字路口的车很多，王福生还是低头走着，前面已经亮起了红灯，他依旧不管不顾地往前走着。

王福生走到路中间，一辆大货车从远处疾驰而来，马上要撞到王福生的身上了，大货车的司机来了一个急刹车，那货车带着很奇怪的刹车声终于停在了离王福生只有一步远的地方。

你他妈不要命了！大货车司机把头探出来，对站在路中央的王福生吼着。

王福生抬起头来望了望司机，也没有说什么，又往前走去。

大货车司机想把车启动，可是车已经熄了火。

司机指着王福生的背影，你说这个人，也真是怪了，真是脑子进了水。

坐在副驾驶上的一个同伴笑了，你看这雨下的，他脑子进点儿水也是正常的。

正常什么呀，你看咱们车都打不着火了。货车司机还在那里忙着。

这时十字路口的车越堵越多。

交警李文军赶紧过来指挥，堵在十字路口的车辆渐渐被他疏导了。

十字路口红绿灯又恢复了正常。

李文娟躺在床上生着闷气。

她这阵子正为炒股的事闹心呢，想起来这一年来她炒股的经历，真是苦辣酸甜五味俱全。

开始的时候有人说炒股能挣钱，她就试着投了两万，一个星期之后，她悄悄算下来，还真是挣了一千多元，于是她把家里另外几万元钱都投了进去，一共是五万元钱，她投到了股市里。当然对她来说不亚于一场心理的折磨，于是每一天她都跑股市大厅，回来就看电视听广播，满脑子全是股市上的事情。

王福生埋怨她，你看看给孩子准备的学费钱你拿去炒股，如果赔了怎么办？李文娟不服气地和丈夫辩论着，你光知道赔，你没看见我前几天挣吗？

王福生是个老实人，争吵起来他说不过李文娟，于是就坐在旁边不吱声了。

开始的甜头使李文娟下了大决心把家里所有的积蓄都投入到了股市，接下来时间不长，股市就开始大跌不止，每一次跌下来，都让李文娟心惊肉跳。她每天到大厅里看着那闪动的绿盘，她的心就疼，尤其是看见她买的那两只股票，从来就没有变成红字，她就在心里不断地悔恨和埋怨着自己。你看看人家，虽然这大盘是在一直往下滑，可是个别股票还是在上涨，都怨自己没有买到好的股票。

这种埋怨的话她只能在自己的心里一个人悄悄地说，虽然丈夫王福生从来不主动提股票上的事，可李文娟一想起这些事来心里就焦急得不行，动不动就在家里发一些无名火。孩子正在上高三，她当然不能和女儿王琪吵；婆婆更不行，不仅身体有病，而且家里的很多经济来源都靠婆婆的退休工资；没有办法，她吵架出气的目标只有王福生一个人了。

李文娟原来是东江市纺织厂工会的宣传干部，年轻的时候唱歌跳舞样样都会，在厂里也算是个人物。她原来只是一个纺织车间的普通女工，渐渐地厂领导发现她是个人才，就把她提到了工会。每逢有演出的时候，她都要登上台去唱一首，或者跳一曲舞；有的时候厂里领导需要陪客人，也把她叫上，渐渐地她成了厂里的一块招牌。

那些年李文娟不管是在家里还是在单位，总是活得非常滋润。她觉得自己走在街上那回头率还是很高的，虽然自己已经结婚，甚至已经生了女儿王琪，可是她觉得自己无论从哪个方面和那些小姑娘相比都丝毫不差。

她休完一次假后，新任厂长把她叫到了办公室，说是新厂长，李文娟也认识，而且也非常熟悉，这个新厂长谢天喜就是原来这个厂的销售科长。两个人在接触的时候，这个谢天喜还经常用语言挑逗李文娟，但是李文娟从来不为所动。

后来谢天喜当了副厂长，出去跑销售挣了不少钱，回来的时候也经常给李文娟带个什么礼物，但是李文娟从来没有接受。也就是在李文娟休假的这些日子里，东江市出现了一个不小的变化，那就是谢天喜的堂兄谢天星从外地调到东江市工作，当了市委副书记。由于堂兄的关系，原来纺织厂的厂长被调整到别的企业，谢天喜便接了厂长。

接了厂长之后，谢天喜感到自己扬眉吐气的日子终于到了。在这个几千人的工厂里，他是再熟悉不过了，那么多漂亮的女工，多数都是见钱眼开，或者是谁的权力大就跟着谁走。他这么多年一直想方设法想走上这个台阶，拥有现在这种权力，他的目的就只有两个，一个是挣钱，一个是女人。现在这两种东西他可以说都是唾手可得了，于是从谢天喜接任厂长的那天起，他每天都是花天酒地，看到车间里哪个女工漂亮他便叫到办公室进行一番开导，这些很多人都看在眼里，可是没有人敢吱声。谢天喜当了厂长不久，他突然想起了那个漂亮的工会干事，于是就去问工会的人，工会的人告诉他，李文娟现在正在休假，还有几天才能上班呢。

听说李文娟正在休假，谢天喜感到有些惋惜，他只能等，好在李文娟也飞不出我的掌心，等她上班，咱们再说。

这期间，纺织厂的效益开始下滑，很多产品积压在那里卖不出去，即使是销出去的，有的时候还会有大批的退货。可谢天喜还是把表面文章做得很足，每逢上级领导来检查工作的时候，他都事先做好准备，把那汇报的材料写得天花乱坠，又施展出他迎来送往搞销售的本领，把检查团的领导招待得服服帖帖，于是那些人都是打着饱嗝喷着酒气心满意足地走了。

李文娟上班也正是赶到这种时候，她一上班就听工会的人说谢厂长找她，李文娟心里便隐约地猜到谢天喜找她是什么事情了，可是又不能不去，只好硬着头皮走进了谢天喜的办公室。

那天和谢天喜见面的场景，李文娟觉得即使是过了十年二十年她也能记得清清楚楚。

一见李文娟走进来，谢天喜便从办公桌旁走过来，热情地握着李文娟的手。哎呀，你怎么才来上班呀，你看看我这厂长当上之后，第一件事就是想找你谈一谈，可是一打听，你却在家里休假。这回好了，你不是上班了吗？我都想好了，你不要在工会做了，就来给我当办公室的副主任吧。

什么？我当副主任，这恐怕不行吧，那些工作我不熟悉，我怕我干不好。李文娟不冷不热地解释着。

谢天喜还是没有松开李文娟的那双手，一个劲儿地拉着摇着，看你说的，谁也不是生来就会呀，你说我这厂长吧，这不也是赶鸭子上架吗？现在咱们厂正是缺人之际，你我还不了解吗？在咱们厂你是个人才，是人才就得发光发热，以前的事不说了，现在纺织厂我说了算，你听我的没错。谢天喜一边摇着李文娟的手一边慷慨激昂地说。

李文娟使劲地挣脱了谢天喜的手，走到沙发旁坐下来。

我跟你说了半天，你到底是怎么想的？谢天喜望着李文娟追问。

我不是说了吗？这个事我是有点儿干不来，我看你还是让我在工会干吧。李文娟解释着。

谢天喜的脸色顿时阴沉起来，怎么，我这厂长说话在你面前不好使呀？我已经和工会主席说过了，你今天准备一下，回去交代交代，明天就到我这里来上班。

一看谢天喜把话说得不容商量，李文娟便默默地站起身来，反正我跟你说了，如果我工作不好的话，你可不要怨我。

谢天喜把李文娟送到门口，还特意拍了拍李文娟的肩膀，看你说的，咱们厂的这点儿事还有你李文娟干不好的吗？你不放心，我可放心，你来吧，肯定错不了。

当天李文娟回家之后，为了这个事还和王福生商量了一番，可商量的结果也还是得到谢天喜的办公室当那个挂名的副主任。因为他们两个人都知道，在企业厂长是法人代表，他让你干什么如果你不干的话，那肯定是行不通的。当然，李文娟在和王福生商量这件事的时候，她没有把心里深处的那种担忧说出来，更没有敢把谢天喜当销售科长时对她动手动脚的事说出来，因为一说出来，那全家人都会为她担心。可是这个时候的李文娟心里的主意是早就定了的，对那个谢天喜她从心里感到有些厌烦，虽然现在他当了厂长，可她并没有在心里认同他。李文娟便在心里想，反正我去上班，拿的是工资，咱们就公事公办，如果你姓谢的敢来邪的歪的，那你就去做梦吧。

后来事情的发展，并没有像李文娟想的这么简单，因为办公室里只有李文娟一个人，她表面上是副主任，其实干的就是秘书的活儿，原来的秘书嫁人了，已经离开了东江市。李文娟隐约听别人说过，是谢天喜上任之后和那个女秘书如何如何，后来那个女秘书没有服从他，就被谢天喜给辞掉了，女秘书一气之下，离开了东江市。

李文娟的主意虽然已经定了，可是她面对谢天喜那时常的挑逗和引诱，她有些烦得不行，但又没有办法。一会儿谢天喜让她取这个文件，一会儿谢天喜又让她拿那个东西，她又不得不服从，便勉强地敷衍着。

谢天喜以为自己当了厂长，这纺织厂的几千人就他说了算了，他便可以像皇帝一样，可以随便召见任何一个女工，那么被他召见的这些女工或者女干部，也会像见到皇帝那样欣喜若狂。可是没有想到这个李文娟却是这样的人，对他是软硬不吃油盐不进，谢天喜终于开始恼火了，他要给李文娟一点儿厉害看看。

那天阳光很充足，从外面的窗子射进来，屋里一片暖洋洋的感觉。

谢天喜把李文娟叫到他的办公室里，很威严地望了一阵李文娟，终于说出了那番敲山震虎的话：咱们厂的情况你也知道，现在很多产品积压在那里，现在咱们厂人又这么多，不说别的吧，现在开支都成了问题。我就这么跟你说吧，现在毫不夸张地说，咱们纺织厂说不定哪天就倒闭了，而现在需要做的便是精简咱们纺织厂的员工。

李文娟望着谢天喜，心里无声地骂着，都怨你这个败家子，整天不想别的，现在好了吧，厂子都快被你整黄了，我看看你还有什么说的。

谢天喜当然不了解李文娟现在的思想活动，还是按照自己的思路说下去。我对你的心思你早就该知道，我也不勉强你。我现在就打开窗子说亮话，我对你是够意思的，可是你想想，你对我呢，从来都是这么不冷不热的，我对你可以说是一往情深，你却不顾及我的感受。人都是讲感情的，可以说我在你面前是有些伤自尊的。现在路子就摆在你的面前，你如果从了我，别说是第一批下岗，就是到了最后，我想咱们纺织厂这么一大摊子事，就是倒闭了、厂子黄了，咱们厂子还会留下一批留守人员，只要有我在，你肯定不用回家，现在我就等你一句话。

李文娟听完谢天喜的话，甚至连思考都没有思考，便站起身来向门口走去。

你站住，方才我说的话你听清了吗？谢天喜在身后催问着。

李文娟走到门口回头望着谢天喜，我听得清清楚楚，所以我现在走了，用你的话说，我现在就回家了。

谢天喜没有想到这最后一招在李文娟面前也没有见效，便气急败坏地指着李文娟，好，好，你是不见棺材不落泪呀，那好，你到外面等着看名单吧。

我才懒得看呢，我告诉你姓谢的，姑奶奶不干了。李文娟头也不回地走出纺织厂的大门。

王福生在雨中走了这半天之后，他突然觉得肚子有些饿了，便又走进了他经常去的那家春秀饼店。

天已经很晚了，外面又下着雨，饼店里的生意很冷清。

王福生走进来之后，又坐在了他平时最常坐的那个墙角靠窗的桌子旁。

这个饼店他每周可能都会来个一次半次的，而每次来，他都是选这张桌子。

饼店老板冯春秀一看王福生走进来，便很轻车熟路地拿起一瓶啤酒，又从橱柜里端起一盘花生米走过来。冯春秀把酒和花生米放到王福生面前，打了一声招呼，王大哥，你来了。

王福生冲着冯春秀点点头，算是回答了这声招呼，把酒瓶打开，开始慢慢地喝了起来。

其实冯春秀和王福生并不熟悉，只是知道他姓王，在市里的药厂当技术员，其他的事情便一概不知了。王福生究竟是多少次来到她的饼店，她记不清了，可是她能记清的就是，王福生不管什么时候来保证都是坐在墙角那个靠窗子的桌子旁，要的总是一瓶啤酒、一盘花生米。

细心的冯春秀望着王福生在那里喝着闷酒，她在想这个男人究竟是因为什么事经常到这里来，而每次来王福生都是闷闷不乐的，那表情就像心里有多大的苦难似的。

曾经组建过家庭后来又离异的冯春秀在这方面非常敏感而又细心，她坐在那里悄悄地望着王福生的表情，心里不免升腾起一阵同情。王福生每次来的时候，都是不声不响，走的时候也是默默的。冯春秀看着这样的人，有的时候尽管是不认识，也不熟悉，可心里却对他产生了一种自己都解释不清的情绪。想到这里，冯春秀想走过去安慰安慰，可是又觉得自己有些冒昧，便走到后面的厨房里去找方子达。

方子达从后面走出来，冯春秀指着王福生小声地说着什么。

方子达认真地点点头。

李文军开着警车在街上巡逻。

李文军从车里突然看见了姐夫王福生正坐在春秀饼店靠窗子的那张桌子旁喝酒，便把车停下来靠在了路边，静静地望着里边的王福生。

姐姐李文娟和王福生吵架的事，李文军早就知道，李文娟也和他说过王福生每次吵架都往出跑，这次肯定是两个人又吵起来了，李文军便把电话打给了姐姐。

李文娟在电话里异常愤怒地骂了起来，你说说他这个不争气的，我就和他吵了几句嘴，他可倒好，家里的饭不吃，倒出去花钱喝酒，你等着，我马上就赶过去。

李文军对着电话说，我现在还有工作，你来就行了，我可跟你说，在家里吵就行了，别到外面来大吵。对了，我姐夫现在就在十字路口旁边的一家叫春秀饼店的地方，那行，那你过来劝劝吧。

李文军关掉手机，开着警车走远了……

一看李文娟穿衣服又拿雨伞，董云从旁边走过来，你这就去找福生呀？

李文娟赌气地说，是啊，这不是有功了吗？家里的饭不吃，到外面喝酒去了。

见了面就好好说，把他找回来就行了。董云劝着儿媳，别在外面吵，让人家看见不好。

放心吧，我不会的，我才懒得和他吵了呢。

李文娟头也不回地走出去。

雨还在下着，李文娟打着伞快步地向那家饼店走去。

那家春秀饼店她是知道的，也知道那里有一个漂亮的女老板，方才李文军打电话说王福生在春秀饼店，李文娟心里就更不是滋味了。她甚至想到了王福生可能经常去那家饼店，王福生是不是和那个女老板有什么瓜葛呀？为什么下着雨非要到这里来喝酒呀？她越想越气，便加快了脚步。

二

方子达走到王福生的桌前坐到了他的对面。

王福生抬起头来望了望方子达，把酒瓶往方子达的对面推了一下也没有说话。

方子达摆摆手，我不喝，对了，王大哥，要不再给你来点儿别的菜吧？

王福生摇摇头，这个就够了，挺好的，不用了。

冯春秀从橱柜里端起一盘牛肉走过来，放到王福生面前，王大哥，你每次来就是一盘花生米，这盘牛肉算是我送你的，你吃吧。

那怎么行，无功不受禄，这可不行。王福生把那盘牛肉又推了过来。

看看你，你也是我们饼店的老主顾了，不就是一盘肉吗？算不了什么，王大哥，就算我请你的还不行吗？冯春秀耐心地解释着。

冯春秀又把那盘牛肉往王福生面前推了推，王福生还是把那盘牛肉又往回推了推，真的不行，我这个人，不想……

冯春秀当然能听明白王福生没有说出的后半句话是什么，便很热情地对王福生说，你看你，咱们也是一个市里住着，我估计你家也离这里不远，说起来可能咱们还是邻居呢，就是一盘肉，你吃了又能怎么的，你多来几次不什么都有了吗？

那盘牛肉放在桌子上，就这样被两个人推来推去。

两个人正在推着说着，李文娟已经来到了饭店门口。李文娟从窗口看见两个人来回推着那盘牛肉，便更加来气了，打着伞闯进了饼店，气呼呼地站在门口。

方子达一看又来了客人，便热情地招呼着，这位大姐，里面请。

李文娟没有回答，气呼呼地走到王福生的桌子前。哎呀，我还说呢，为什么家里的饭不吃，原来这里有人等你呀，怎么不吃呀？这牛肉多香呀。

王福生抬起头来望了望李文娟，我说不吃，人家也是一片好意，你到这里来干啥？

李文娟指着王福生，你瞧瞧你这话问的，我来干啥？我是你妻子，你是我丈夫，你从家里跑出来我不来管你，谁管你呀？

我不用你管，我一会儿就回去了，王福生拿起酒瓶又往杯中倒着酒。

你们大伙瞧瞧，哪有这样的丈夫？家里的饭不吃，却跑到这里喝闷酒。我问问你，是家里的饭菜不好呀，还是家里的人不好啊，没有这里有吸引力呀？

你这说的是什么话呀？王福生抬起头来瞪着妻子，你怎么就像一个泼妇一样呀？在家里闹不算，又到这里来闹。

怎么，心疼了？我还想呢，为什么在家里吵了几句嘴就要往出跑，原来这里有狐狸精在等着你呀。

还没等冯春秀说话，方子达走过来，这位大姐，你这说的什么话呀？你们两口子在家里吵架，怎么把我们饭店也捎上了？

我没跟你说，我是说我丈夫呢，你插什么嘴？

王福生忽地站起来，你也太过分了，你……

王福生被李文娟气得打着哆嗦，说不出话来。

怎么，被我说对了吧，冲着你肺管子了吧？你瞧瞧你那个样子，我在外面挨欺负的时候，你也没有气成这样。李文娟指着王福生，不就说了一句狐狸精吗？狐狸精就是狐狸精。

王福生指着李文娟，你给我回去，你赶快给我回去。

李文娟抢上一步，把那个桌子一扬手掀翻了，回去，我让你在这里喝，我让你喝。

屋里的几个人谁也没有想到李文娟会来这一手，都愣在了那里。

王福生冲过来对着李文娟的脸就是一耳光。

李文娟指着王福生，好啊，你还敢打我？便扑向了王福生。

饼店服务员小丽赶紧抱住李文娟，方子达又过来拉住王福生。

李文娟一看在这里施展不开，便嗷嗷地哭了起来，你这个没良心的，你跑到这里……

王福生指着李文娟，你要再敢骂，我还打你。

李文娟挣脱了小丽的手，冒着雨捂着脸跑了出去。

王福生望着被掀翻的桌子，有些抱歉地望着冯春秀。

冯春秀赶紧摆着手，王大哥你赶紧追呀，别让嫂子出了什么事。

王福生啊啊了两声，赶紧追了出去。

被李文娟闹了一场之后，冯春秀领着方子达和小丽赶紧收拾着屋子。

春秀姐，你可真是心太好了，你看看，给人家牛肉不吃，还被人家……小丽一边收拾着地上的东西，一边小声地嘟囔着。

你就不会少说两句呀，能当哑巴把你卖了？方子达把桌子支起来，训斥着小丽。

小丽望了一眼冯春秀，吐了一下舌头，便赶紧忙别的去了。

方子达把桌子收拾好之后，走到冯春秀面前，老板，人家不都说吗，清官难断家务事，你说这两口子，还闹到咱们饼店来了，在家打还不算。我看那姓王的大哥倒是不错的人，可那女的，脸蛋虽然挺漂亮，可是不是个善茬子，不是一个省油的灯呀。

冯春秀苦笑了一声，咱们别操那个心了，人家的事咱们管不着。

李文娟赌气地快步往前走着，王福生在后面追。

王福生拉住李文娟的胳膊，你到哪儿去呀？走，跟我回家。

李文娟和王福生在路上撕扯着，好啊，你个王福生，你今天真是出息大了，你还敢动手打我。

李文娟哭闹着，说什么也不和王福生回家。

王福生搂住李文娟，好了，好了，你也闹了，桌子也给掀了，如果你不闹成那样，我能打你吗？你说说你，在家里给我气受也就算了，到外面也不给我留点儿面子。人家那个饼店的冯老板对我是一片好意，我也没有吃人家牛肉啊，你可倒好，一口一个狐狸精的。

怎么，我说错了吗？我如果今天不赶来的话，说不上你们能出什么事呢。

你看看你，我们能出啥事呀？你怎么净瞎想呀？你这个人呀，也真是的。

每到这时，王福生便没有别的话可说，就这么用一些简单的无力的语言劝着妻子。

李文娟停住脚步望着淋了一脸雨的王福生，你说说你，现在也真是长能耐了，你有本事也像别的男人那样，出去给我挣大钱，也用不着我这么着急上火了。

咱们的日子不是不错吗？挣大钱，这年头挣大钱容易吗？王福生赶紧解释着，你看我的工资也够咱们花了，就是孩子上学咱们紧张点儿，可是咱们也是比上不足比下有余呀。

行，你就知道满足，我跟你说，现在我投到股市的那点儿钱全都套住了，咱们琪琪上学怎么办？现在不赶紧想办法，到时候真考上大学，我看你就哭去吧。李文娟望着丈夫抢白着。

车到山前必有路，咱们一点一点慢慢地想办法，办法总是有的。王福生尽力地解释着。

王福生拉着妻子李文娟走回家的时候，两个人身上的衣服全被雨淋透了。

董云一看两个人走进来，便赶紧拿过毛巾，你看看你们俩，这一脸的水，这衣服赶紧换换吧，要不然会感冒的。

两个人没有说话，急匆匆走进卧室去换衣服。

王琪从自己的房间走出来，指了指父母卧室的门小声地问奶奶，他们俩到底是怎么回事啊？

董云望了望孙女，小声地对王琪说，你什么都不要管，你现在的任务就是学习，给奶奶考上大学，别的事你少操心。

王琪望了奶奶一眼，回身走到自己的房间。

李文娟躺在床上翻来覆去睡不着。

她想起了很多事情，现在甚至产生了后悔的想法，后悔自己当时不应该那么坚决地回绝了谢天喜的要求，如果采取点儿办法的话，在第一批下岗的名单里肯定不会有她李文娟的名字。可是当时的想法真是太简单了，就觉得谢天喜那样的人是不值得信任的，再说了，那个时候对丈夫也没有现在这种想法。现在回想起来，当时自己的观念确实是有些陈旧了，是下岗之后的这几年才认清了很多事情。当年王福生在自己的眼里还真是一个人物，要文凭有文凭，要技术有技术，在东江市制药厂，没有人不夸她丈夫王福生的。可是现在，这种人是社会上那伙最吃不开的，也就是挣那点儿死工资，一脚踢不倒的那几个钱，混个日子养家糊口的还凑合，如果有个病灾、孩子上个学什么的，那可就完了。现在这世道变化得真快，原来在一个车间的那几个姐妹，现在可是过得不一样了，有的自己摆着个摊儿，卖服装卖菜的都有，也有的靠着自己年轻漂亮，傍上了大款，虽然是吃穿不愁，可是家庭肯定是不行了。现在自己这也是属于上不着村下不着店的位置，要钱没有几个，日子虽然还能过得去，可是……

李文娟从黑暗中望了一眼旁边睡着的王福生，现在想起来，两个人从相识到结婚，可以说是一帆风顺的。当年在李文娟的眼里，王福生很年轻，小伙子也很上进，干什么像什么，觉得自己找上了王福生这样的人，终身便有了依靠。可是这两年就不一样了，和王福生一起毕业的不少人现在都单干了，都发了家；而他们现在还是靠着一个月开的那点儿钱，自己不下岗还过得去，这一下岗，可就麻烦了。

谢天喜对她可真是有着那种始终放不下的心思，尽管李文娟很坚决地回绝了他，可她回到家里时间不长，谢天喜还是给她打来过好几次电话，如果说李文娟那个时候想回头的话，谢天喜在厂里还给她留了位置，而且一再保证，即使纺织厂黄了，他也会给李文娟找一个好的去处。可是李文娟在电话里毫不客气地拒绝了谢天喜的要求，说自己就是穷死，也不会回那个破厂子了。不管怎么说自己还是要对得起丈夫王福生的，可是王福生呢，这个人不能说是坏人，可是按照好人的标准，这年头确实是吃不开了。你看看现在那些男人，挣的钱那么多，自己的媳妇想买什么衣服，把钱一掏就能买；可是我呢，上一趟街都打怵，看着商场里那么多花花绿绿的高档衣服，自己都不敢靠上前去，因为兜里掏不出钱呀。

自己现在当然也庆幸没有和谢天喜走到一起，如果两个人真的走到一起，关系处深了，那后来的麻烦恐怕自己也就摆脱不了了。谢天喜的哥哥谢天星不久便出了事，谢天喜当然也就不得不下来了，虽然没有把他关起来，但是现在也落魄得不行。

以后的日子怎么办？眼瞅着女儿王琪就要考大学了，这笔学费又被自己押到了股市上。说起来也真是倒了霉，人家炒股都能挣大钱，可自己倒好，本来就那么几个钱，还是从牙缝里省出来的，可是一套就给套得差不多没有了，五万元钱，如果现在割肉的话，剩下还不到两万元了，这可怎么办呀？

这一年多来李文娟就被自己的这个股票煎熬着，很多时候都觉得自己真是变了，变得不通情理，变得歇斯底里。按说自己现在还没有到更年期，可是更年期的那些表现在自己身上真是全都有了，有的时候不管不顾地发火。其实她知道那个底火是从哪里来的，还不是股票大厅那哗哗闪动的绿色的电子屏给她惹出的这身麻烦吗？她每次到股票大厅，最打怵的就是看到那些绿色，可是偏偏她买的那两只股票，这一年多从来没有红过，都是一跌再跌。前两天倒是红了两次，可是涨的那点儿钱，实在是太可怜了，索性她也就不看了。

不知什么时候李文娟迷迷糊糊地睡着了。

王福生这一夜睡得也不安生，他蒙蒙眬眬觉得妻子在旁边折腾着，等李文娟消停之后，王福生也醒了，而且醒得非常彻底，屋里漆黑一团，可是他怎么也睡不着了。

他也从心里觉得李文娟真是变得挺厉害的，怎么不像上中学时那样了呢？别说是学习时代，就是工作之后李文娟也不是这个样子呀，就是前几年在纺织厂上班的时候，回到家里脾气也是不错，说话的时候也很温柔，可现在她变得真是让人没法接受。

如果说变化的话，别人都在变，整个社会也都在变，可他王福生却基本还是原来的那个样子，每一天都是从家里到单位，再从单位到家里，而手里的东西在工厂是工具，回到家里那就是书本，总觉得自己有学不完的东西。厂领导把一个车间交给了他，他自然要全心全意地把药厂里的技术工作做好。现在市场竞争非常激烈，从某种程度上讲，这种竞争就是产品质量的竞争，就是售后服务的竞争，而且药品这个东西还不同于其他，如果一件衣服上面有假，还不一定能够穿死人，可药品就不一样了。王福生深知这其中的厉害，也更知道自己作为药厂一个技术人员责任的重大。

他觉得自己尽心尽力地把这个班上好，把自己的工作干好，在家里敬老的爱小的，就肩负起一个做丈夫做儿子的责任了。可现在面对妻子时常对他发火，他只好一忍再忍，他当然知道妻子为什么拿他发火，可知道也没有用，尽管自己是无辜的，可他知道李文娟不能向婆婆发火，更不能向女儿发火，那一老一小是他们家的重点保护对象，吃苦受罪的包括受气的那也只有他王福生一个人了。想起这个的时候，王福生的心里稍微敞亮了一点儿。

她如果像当年在中学时那样多好呀，王福生在心里不由得感叹起来。

上中学时两个人是同班又坐着前后桌，李文娟不仅长得漂亮，性格还好，一天说不上三句话，班里很多女同学都是疯疯癫癫的，而李文娟却非常稳重。王福生早就从心里喜欢李文娟，但是没有勇气说出来，总觉得自己的条件攀不上李文娟。后来凭着自己的学习成绩考上了医药专科学校，才和李文娟联系上了，假期回来探家的时候，李文娟已经到纺织厂去上班了，两个人的关系才一步一步地走近了。

两个人从恋爱到结婚，可以说一帆风顺的，那个时候的李文娟可以说是知书达礼、性格温柔，每当王福生想起两个人相处的那段日子，心里都是美滋滋的。结婚几年之后，他也一直都是药厂里那些年轻人的楷模，说他们俩是模范夫妻，而他的家庭更是和睦家庭。

现在一切都乱套了，而且乱得这么彻底、这么不容商量，乱的重要原因，那就是一个“钱”字。

钱这个东西也真怪，有的时候它让你高兴得发疯，有的时候它又让你难受得不知如何是好，现在的李文娟很多坏脾气都是这个“钱”字闹出来的。

王福生当然知道妻子这个病根在哪里，可他开不出能治这个病的药来呀，如果要治好李文娟的病，那只有一个，那就是钱。可他王福生现在到哪儿去挣那笔钱呀，这年头谁都知道钱好花，有了钱什么都能办到，可是挣钱谈何容易呀……

王福生不知道什么时候迷迷糊糊地睡着了……

早餐一家人也是吃得冷冷清清。

王琪咬了几口面包，把碗一推背起书包走了。

李文娟看着女儿的背影叹着气，你说这孩子，晚上睡得那么晚，早晨也不正经吃饭，将来还不得病呀。

我都说过她多少次了，这孩子也是，就是不听话。董云一边喝着粥，一边说。

眼看着王琪就要考大学了，现在咱们真得提前做好准备呀。王福生把最后一片面包放在嘴里，站起身来就要往出走。

你还说呢，钱钱，你看人家李涛，和你一起毕业的。李文娟瞪着丈夫，现在人家都开药店了，你可倒好，一天到晚地给人家卖命，一个月就拿回那么几吊钱来。

王福生一边穿着衣服一边望着里面说，我也想挣钱，咱们和李涛能比吗？人家老爹是开公司的，拿出一点儿钱给他儿子办了那个药店，咱们靠什么呀？妈，你说呢。

算了，你赶紧去上班吧，别晚了。董云拿过王福生的皮包递给王福生。

妈，你说说，每次我和他吵架，都是因为这个事。李文娟指着走出门去的王福生继续说，咱们这个家就指着他那点儿工资和你老人家那点儿退休金，平常过日子还行，可是你瞅瞅，琪琪马上就要上大学了，那学费可是挺贵的呀。

谁说不是呀，可是有什么办法呀？对了，我好像听说现在上大学的有一个什么绿色通道。董云坐在那里，望着李文娟说，好像是国家的助学贷款。

是啊，是有这么一说。李文娟点点头，可是那条路咱们尽量不要走，不管是借还是贷，那总得还呀，你看看孩子那么小，为了上学背着债，在她的心里怎么想呀？

倒也是，如果……董云本想说那笔钱如果你不放在股市上，孩子上学也够了，可是把后面的话咽了回去。

人家那些挣钱的，不是自己家里本来有钱，就是家里或者亲属有当大官的，可咱们家呢？对了，我舅舅的官也不小，可是咱们远水解不了近渴呀。李文娟望着婆婆说下去，我舅舅如果在咱们这里就好了，不用他说话，很多事情就可以办成了。

董云点点头，还说那个干啥，现在你舅舅不是在南江市嘛，咱们这里的事他怎么能管得着呀？

股票大厅里依然显得很冷清，李文娟走进来时，就看见每天到这里来的那十几个人，多数都是在家里没有什么事干的，岁数比较大的，聚在那里聊着天打着扑克。

前面的电子显示屏上哗哗地闪动着，依然是一片绿色。

李文娟不想看前面，她只想到这里和几个认识的人聊一聊天，看看有没有什么信息能给她启发启发。

一看李文娟走过来，胖姐赶紧迎过来，大惊小怪地喊着，文娟呀，你可来了，这两天我和老张还一直念叨你呢。

那个被胖姐称为老张的人，长得干瘦干瘦的，就坐在胖姐旁边，也赶紧走过来望着李文娟，是啊，我们俩常说起你，挺想你的，你怎么好几天不来呀？

来不来又有什么用呀？你看看这里头。李文娟一边说着，一边指了指前面。现在我也想开了，跌就跌吧，什么时候把我的那俩钱跌没了，我也就死心了。

瘦张往李文娟旁边又走了两步，眼睛睁得老大，你放心，据我的估计，行情马上就要来了，说不定今年就会有眉目，妹子，你一定要坚持住呀。

胖姐也乐呵呵地说，谁说不是啊，反正我家的那俩钱我也都放上了，没有特殊情况，我说什么也不放血也不割肉。我就不信那个邪了，今年没行情还有明年呢，我就不信，我再等他三年五载的，还不能挣回来。

瘦张笑着拍了拍胖姐的肩膀，这就对了，当年不是有这么句话吗？坐牢不怕把牢底来坐穿，咱们炒股不怕把股票给他炒黄，不怕把企业给他炒摘牌。如果真是到了那一天，咱们也就认了；如果没有那一天的话，我敢保证，咱们早早晚晚的能挣到大钱。

快闭上你那乌鸦嘴吧，要不是听了你的话，我能把钱都投在那两只股票上吗？胖姐瞪了瘦张一眼，你快一边待着去吧，你要不说还好一点儿。

瘦张一脸无辜的样子，摊开双手望着李文娟，你看看，这年头想当个好人都难，好心当成了驴肝肺，我也不是故意想坑你们呀，我不也是买了那两只股票吗？现在也是跌得底朝天了。

如果将来我的钱捞不回来，你看我怎么收拾你。胖姐故意说得咬牙切齿。

我看你们俩就别斗嘴了，还有这个闲心呢？李文娟望着两个人，走过去找了一个空位置坐下来。

瘦张又凑过来，我前两天得到一个信息，一个在美国被称为“黄金眼”的炒家都预测了中国的股市，你们俩猜猜，他怎么说的？

你快别卖关子了，有屁就放吧。胖姐用拳头推了一下瘦张。

瘦张嘿嘿一乐，要别人我还不说呢，我告诉你吧，那个黄金眼都说了，说中国的股市跌破一千点，这已经是底线了，然后肯定要反弹，而且这个高潮马上就会来的，这个行情来了之后，你们就等着挣大钱吧。

李文娟尽管对瘦张的话有些不相信，但心里还抱着一线希望。赶紧盯着瘦张问，你说的是真的吗？

瘦张往上面指了指，我有半句假话天打五雷轰。你说说咱们几个和亲哥们儿亲姐们儿有啥区别呀？这两年咱们在这个屋里，不就是难兄难弟吗？我骗谁也不能骗你们俩呀。

胖姐瞪了一眼瘦张，还算你有良心，对了，我说是说你，你有什么好的信息，要忘了我和文娟的话，看我不掐死你。

你就是打死我我也不敢哪，我怎么敢对你们隐瞒哪？瘦张一脸真诚地望着胖姐。可是我还是那句话，我又不是神仙，能掐会算，你说说前面这一千多只股票，哪只能涨哪只要落，我能说得那么准吗？我说了之后，跌了你们就埋怨我，如果涨了呢？

那还用说吗？如果涨了我们俩请客。胖姐望着瘦张说。

何止是请客呀，给你提成都行。李文娟又加了一句。

行，这就好。瘦张蛮有把握地说。

这时胖姐的手机响了，胖姐走过去接着电话，不一会儿又走了回来，你说说，家里来人了，你们俩在这里给我盯着点儿，我回去一趟。

胖姐说完，一扭身甩着胖屁股向门口走去。

瘦张望着胖姐狞笑了一下。

在李文娟的心里，在这股票大厅里她最熟悉的这一胖一瘦的两个人，可以说真是绝配了。两个人常常都是练着嘴上的功夫，你一言我一语，每当这个时候都在李文娟很寂寞的心里增添一些乐趣，觉得这股票大厅里的时光也不那么单调了，也不那么难熬了。

李文娟就这么想着，无声地乐了一下。

不知道这笑容引起了瘦张一种什么心情，瘦张不失时机地往李文娟身边凑了凑，妹子，我可跟你说呀，这些天你买的那两只股票我可给你盯着呢，如果你信我的话，你可别撒手，一定要握住呀。

你还说呢，我怎么握不住啊？我都买了快两年了，都快握出水来了。你说说，我五万块钱现在跌得还不到两万了，我就是不握住又能怎么办呀？李文娟说得很无奈。

瘦张又往前凑了凑，我不跟你说了吗？这行情马上就要来了，我保证。

快收起你那个保证吧，我还不知道你吗？你说在这屋里头，你都保证过多少遍了？李文娟指点着瘦张，不怪胖姐经常收拾你，我看也该。

瘦张觉得没趣了，往旁边退了退，向前面的电子显示屏望去……

三

董云一个人在家看着电视，觉得电视里的节目没有什么意思，又拿起抹布擦了擦桌子。

董云一个人在那里想着心事，她回到自己住的房间把箱子打开，从里边拿出一个本子。那本子有些发黄了，上面密密麻麻地写满了字，她从本子中间拿出一张照片细细地望着。

那张照片是年轻时的董云和一个男青年的合影。

一转眼都四十年了，真快呀。董云在心里默默地念叨着。

董云久久地凝望着照片上的那个男青年。那个男青年叫郝国栋，和董云是中专时的同学，两个人在学校的时候就好上了，中专毕业之后，郝国栋和董云一起被分配到了东江市。那个时候可真是风华正茂书生意气呀，干什么都觉得浑身上下充满了干劲。那个年代正是缺人之际，虽然他们几个人都是中专生，可是市里头对他们非常重视，都被分配到市机关工作。

正在他们人生和事业刚刚起步的时候，由于父母的牵连，本来在机关已经工作得非常出色的董云被下放到木材厂劳动改造。

每当董云回想起那些日子的时候，心里都一阵发紧，那是一段什么样的时光呀，真是暗无天日痛不欲生呀。

董云当时身边还带着只有十岁的董风，董风当时正上小学三年级，由于父母突然被抓，家庭的重担全落在了董云一个人肩上。那段日子她所承受的不仅是劳动改造所带来的肉体上的劳累，更重要的是心灵和感情上的折磨和创伤。值得庆幸的是郝国栋并没有因为她父母的问题而和她分手，对她的爱始终没有变，而那些日子董云也正是靠着郝国栋对她的爱情支持着她的全部生活和信念。接到父母惨死的消息那天夜里正下着大雨，她一个人跑到江边，她真想一头跳下去，她真是没有活路可走了。畏罪自杀，父母不知道遭多大的罪，才能走那样的路，更何况那是那些造反派说的，究竟父母是怎么死的，董云都不得而知。现在已经是这种情况了，那么自己这种身份，还有权利去获得什么爱情吗？郝国栋是一个难得的好青年，可是不能因为自己的问题使他受牵连，而且那有可能是牵连一辈子。这种暗无天日的日子自己一个人过就够了，还要再搭上一个，不行。董云坐在江边的大雨里，一个人就那么想着想着……

她抱定必死决心的时候，偷偷地留下了两封信，一封是留给郝国栋的，另一封是留给弟弟董风的，信纸上洒满了她写信时的泪水。

她把信写好之后放在行李旁边，就趁着夜色向江中走去。

冰冷的江水已经漫过了她的下半身，这时她觉得身边突然伸过一双大手把她紧紧地拉住了，正是这双大手把她救上岸来，也正是这双大手搀扶着她走过了后半生，那就是后来和她结婚的王信成。王信成是天底下难得的好人，可是又是一个难得的老实人，每天除了干活之外不知道这世界上还有其他的事情，连年被木材厂评为厂里和市里的劳动模范。当王信成听说了董云的事情之后，毫不犹豫地照顾着昏迷不醒、满身伤痛的董云。等董云清醒之后，望着在她面前痛哭不止的董风，她觉得自己如果真跳到江里，那最对不起的就是这个还不太懂事的弟弟。于是抱着弟弟痛哭一场之后，便让弟弟董风把另外一封信送到了市委机关，当时郝国栋出差在外，三天之后她和王信成举行了最简单的婚礼。

她当时没有别的想法，那就是她董云已经是死过一回的人了，如果说活的话，她的目的只有一个，那就是为了把弟弟抚养成人，还有，那就是肚子里的小生命……

她庆幸自己遇上又老实又憨厚的王信成，尽管两个人结婚之前董云已经向他说明了怀孕的事情，但王信成对她还是原来的那个样子，而且接受了这个孩子。现在这个孩子不仅长大成人，而且娶妻生子了。

董云还在那里望着那张照片，心情久久不能平静。

李文娟从股票大厅往家里走的时候，心里一直很不平静。

胖姐从家里回来之后的一番话，让李文娟的心里掀起一阵波澜。

胖姐没有什么事的时候，在大厅里说话也是一惊一乍的，更何况这次从家里又回到大厅，她专门对着瘦张和李文娟神秘地说起来，你们猜，我方才回家去见谁了？

你别故弄玄虚了，你回去见谁我们能知道吗？瘦张盯着胖姐，说得有些不屑一顾。

去，我不跟你说了，我跟文娟说。胖姐推了瘦张一把，文娟，我告诉你吧，我有一个远方表妹，说起来你可能认识，就在咱们市里不是有一个房地产公司吗？她给那个老板当秘书。

那又怎么了，秘书不满地都是吗？哪个公司哪个单位没有秘书啊。李文娟轻松地回答着。

文娟呀，连这个你都不懂，胖姐显然是装出了一种什么都懂的样子。我告诉你吧，我表妹当这个秘书那可不一样，我告诉你，老板专门给她买了一台车，还有一套房子呢，你说说……

噢，我明白了，那是一种被老板包养的小秘。瘦张这时又插过话来，这个谁不懂呀？

胖姐望着李文娟，你知道吗？方才我和我表妹说话的时候我想什么，我就想到了你呀。

你想我干什么呀？现在咱们是说你表妹的事。李文娟显得有些不高兴了。

看看你，我又没有说你别的。胖姐赶紧走过来拉住李文娟，我是说你呀，这年头你也得想开点儿。不过话又说回来了，你现在就是岁数大了一点儿，如果你能年轻几岁的话，我看我那表妹的长相还不如你呢。

李文娟笑了，摸了摸自己的脸，我现在都快成老太婆了，什么心思都没有了，就想把我女儿供到上大学就行了。

胖姐指点着李文娟，你瞅瞅，我说什么来着，你说说你，也不像我，要是我，我什么都不想了；你看看你，这身段这脸蛋，是多好的条件呀，人家不说了吗？这样的自然条件你不开发你不利用，你站在这里头整天地盯着前面那俩小钱，你说你怨谁呀？

李文娟推了胖姐一把，说着说着你就没正经的了。我不说了吗？我现在就是有这个心思，我还能像你那表妹一样呀，给哪个老板去当什么小秘？

瘦张又伸过头来，我看行，我要是老板的话，我就雇你当秘书，怎么样？

李文娟瞪了瘦张一眼，去你们俩的，我现在正闹心呢，哪有心思跟你们开玩笑。

胖姐也乐了，咱们这不是逗逗乐子吗？再说了，这么多年你文娟是什么人我能不知道吗？如果你早动了那个心思的话，也不至于这么多年就这样呀。再说了，当年你们纺织厂下岗也好，倒闭也好，你如果心思活泛一点儿的话，也不会是今天这个样子。

李文娟望着胖姐和瘦张点点头，这个让你们说对了。

方才在股票大厅里李文娟话虽是这么说，可是胖姐给她提供的那个信息在她的心里还是起了作用。李文娟这个时候甚至想，真的，如果像胖姐所说的那样，自己的心思再活泛一点儿，也不会活得这么窝囊呀……

王福生被厂长葛连升从车间叫出来的时候，已经快到了下班的时间。

王福生望着葛连升，厂长，你叫我什么事啊？

好事，我说出来你肯定高兴得夜里会睡不着觉的。葛连升拍了拍王福生的肩膀，这个事你早就盼着呢。

厂长，你快说吧，到底什么事？王福生焦急地望着葛连升。

葛连升乐了，你看你，平时干活不声不响的，什么事都稳稳当当的，怎么，是不是着急了？

王福生也乐了，看厂长说的，有什么事能让我着急的，还不就是评职称的事吗？

还算你聪明，这个事你还记得。葛连升很认真地说，我告诉你，这次厂里给你报上去，我已经和上面打了招呼又做了工作，你的副高职称应该是差不多了。

真的吗？那太感谢厂长了。王福生喜悦地说。

感谢什么呀，这还不是我们厂领导应该做的吗？葛连升边和王福生向办公室走边说，这些年你在咱们厂一直这么干着，说实在的，你看看这个车间如果没有你，我真不知道会成什么样子。现在厂里效益也可以了，销路也打开了，你的职称这个事一直放在我心里，不是不想帮你办，可是就是因为你……

这个我明白了，厂长。王福生很真诚地说，这次不管上面能不能批，我都感谢厂里。

可话又说回来了，咱们都是靠工资吃饭的，你说你这职称上不去，工资就受到影响，我这个当厂长的总觉得自己失职。你这样的人才，现在的收入还这么低，和那些跑销售的都没法比，所以我……

葛连升还想说下去，却被王福生打断了，厂长，你什么都别说了，就凭你方才这番话，我一定加倍努力。

这就对了，还是那句话，什么事都是从最坏处着想，向最好处努力，如果这次你的副高还是不能批下来，我们几个厂领导都碰了头，那就从别的方面给你补偿一下，保证让你亏不着。

太感谢厂领导了！王福生真挚地说。

李文娟一个人在街上走着，她的脑子还不断地闪动着股票大厅里的那些绿色的字，想起这个她心里就有些难受，可是又不能不想，那些东西紧连着她现在的每一根神经，一想起来就很难放下来。这时她抬头看见十字路口的信号灯，她便想，你看这信号灯还有红有绿那么有规律，可是这股市为什么就始终是一片绿呀？自己也真是倒了霉了，前些年股市大涨的时候，自己却没动那个心思；现在可倒好，这股市低迷得一下子就持续了好几年，这一波又让自己赶上了。

李文娟继续往前走着，眼看着再过两条街就到家，一辆黑色的轿车突然停在了她的身边。

李文娟赶紧往旁边躲了躲，没有想到轿车里面下来一个人拦住了她，文娟，怎么，连我都不认识了？

那个男人戴了一副墨镜，就挡在了李文娟的前面。

李文娟仔细地看了看，还是没有认出来站在面前的这个男人是谁。

那个男人把墨镜摘下来，这时李文娟才看清了他就是谢天喜。

谢天喜笑了笑，怎么，连我都不认识了？你这是干啥去呀？

哎呀，这不是谢厂长吗？真是想不到。李文娟有些惊喜地望着谢天喜，自从李文娟从纺织厂下岗回家之后，这两年她确实没有见到这个姓谢的。后来听说纺织厂倒闭了，她也就没有了这个心思，倒是听别人说过谢天喜去经商了，至于做什么，干得怎么样，她都不得而知，现在看得出来，这个谢天喜可能是混出个什么人样来了。

谢天喜伸出手和李文娟握了握，你看看，咱们有两年多没见了吧，走，这是我的车，咱们好不容易见一面，我请你去喝杯茶。

李文娟摇摇头，不了，我马上就回家了，还要给孩子做饭呢。

你孩子都多大了？再说了，咱们不是好不容易才见面吗？我正好和你说说我的事，我也想知道知道你这两年怎么样，快走吧。谢天喜不容分说，拉着李文娟打开一扇车门。

李文娟站在车门口想了想，弯下腰坐了进去。

谢天喜走到前面，坐上驾驶员的位置，把汽车又发动起来，一踩油门开走了。

谢厂长，这真是你的车呀？看来你混得不错呀。李文娟坐上车之后，望着前面的谢天喜说。

一般一般，全国第三。谢天喜打着哈哈，我这两年自己办了一个公司，效益还不错。走，我领你到一个新开业的地方去，我也是刚去了两次，觉得那里不错，正好到那里咱们好好说说话。

谢天喜开着车穿过几条街之后，在一个名叫情缘的西餐厅前停了下来。

李文娟下车之后向上面望了望，谢厂长，你这是……

平时咱们净吃中餐了，这回我也让你改善改善，尝尝外国人平时是怎么吃饭的。谢天喜把车锁好，走过来向李文娟示意着。

两个人走进西餐厅，服务生赶紧走过来问谢天喜，请问先生，想用点儿什么？

谢天喜拿过菜单在上面指着，就这个，对，还有这个，一样来一套，还有，两杯咖啡。

服务生应声而去。

李文娟坐在那里环顾了一下西餐厅里的情况，这里她真是第一次来，以前在电视里只是看过，真正坐进西餐厅，这真是她有生以来的第一次。

谢天喜炫耀地说，现在人们生活好了，吃什么喝什么那不是主要的，现在来吃饭，主要是吃环境，吃品位。你想想吃饭这个东西应该是享受，你说就那么在那个小吃部里，乱糟糟的，现在别说是让我吃，让我在那里站一会儿我都觉得闹心，文娟，你说是吧？

李文娟望着谢天喜，觉得这个人是不是有些健忘了，当年我李文娟是怎么离开纺织厂的，你姓谢的应该记着呀。可是，好像他全都忘了，又好像那是发生在别人身上的事情。

谢天喜在那里旁若无人地说着，你看看这里，多有品位呀。等一会儿你再听吧，就那个地方，你看到了吧，那里那架钢琴，还会有专门给你弹琴的，这年头只要有钱，你让她弹什么她就给你弹什么。

看来你真是发达了，李文娟望着谢天喜，这种地方你能常来，可是我们不行，我估计这一顿吃下来，够我们老百姓半个月的生活费了。

这算什么呀？小意思，谢天喜望着李文娟，你知道吗？我去北京的五星级饭店吃一次你说花多少钱？谢天喜用手比画着，足足五千元，为了招待生意上的朋友，把那朋友吃得满嘴流油，什么事都好办了。

听着谢天喜那不着边际的话，李文娟虽然心里有些反感，可是她看得出来，谢天喜现在确实是混出个人样来了。当厂长的时候虽然也是一呼百应的，凭着谢天喜的鬼心眼，恐怕连吃带占也弄了不少，可那个时候他得装着自己一副清正廉洁的样子，现在这小子真是不知天高地厚了，不过也没办法，现在的生意人只要是按章纳税，守法经营，人家就是挣个金山，别人看着也只能是眼气呀。

谢天喜打开皮包拿出一张名片递给李文娟，这不是吗，我现在搞了这么一家贸易公司，主要的业务就是对俄的服装出口，服装也都是从南方进的，以羽绒服为主，老毛子就喜欢这个。然后我又把俄罗斯有些东西整到这边来，这两下一倒腾，看看，我不就成了吗？

你倒是真挺有办法的，行呀。李文娟不知道是赞叹还是讽刺。

对了，净说我的事了，你现在怎么样呀？谢天喜关切地问。

我们老百姓能怎么样，还不是勉强过日子？李文娟脸上顿时沉重起来，自从你这个厂长把我撵回家之后，原来想干点儿什么，可是干什么也不容易呀，这不是吗，把家里这几年攒的那点儿钱拿出去炒了股，可是没想到这股市可把我跌惨了，现在给我套得死活动弹不了呀。

谢天喜指点着李文娟，你说你，怎么能干那个呀？现在这个股市你还没看出来吗？坑的就是你们这些小门小户的，大钱都被人家整走了。你说说你们，一天冷冷呵呵的到那里去看去望，怎么样？我跟你说吧，那个东西呀，对你来说不适合。

那我总得干点儿事吧。李文娟叹着气，我岁数还不大，总不能老在家这么闲着吧。

是啊，你看看你还这么年轻。谢天喜也感叹道，现在想起来当年我当厂长的时候对你关照不够，每当我想起这件事我的心里都是挺有愧的。这不是吗，也算咱们有缘分，只要是你同意，你现在就可以到我公司来，每个月我给你开两千元钱，不少吧？

什么，到你公司？李文娟有些吃惊，我能干什么呀？你公司那些事我也不太懂呀。

那还不简单吗？用不了一个月你全明白了。谢天喜蛮有把握地说。

那……这个事……李文娟在犹豫着。

你就别这呀那呀的了，现在找一份合适的工作不容易，我这么跟你说吧，现在这个位置，如果我贴出招聘广告的话，来应聘的肯定排成一大队。谢天喜很夸张地说，这个位置我不是给你留着吗？咱们这个关系不管怎么说都是一个工厂出来的，再说了，我也想对你有所补偿。

这个事我得回家去商量商量，这么大个事，我……李文娟还是没有答应。

你看看你，在工厂的时候你不是挺痛快的人吗？你说你炒那个股干啥呀？整天瞅着那大盘跌来跌去的，你揪不揪心哪？你到我这里就不一样了，旱涝保收，干好了我还有红包。

李文娟一点儿思想准备都没有，她没有想到在这个时候遇上谢天喜，更没有想到谢天喜会马上提出让她到他的公司去上班。李文娟的脑袋顿时有些木了，对这些猝不及防的事有些应接不暇。

好了，这个事我也不强求，我给你两天考虑的时间，如果你同意，你随时打我名片上的电话。

这时服务生把他们要的西餐端了上来，两个人一边吃一边说着。

这时那台钢琴旁边已经坐着一个妙龄女郎，悠扬的乐曲传遍了整个餐厅。

怎么样，这里还行吧？谢天喜望着李文娟。

李文娟点点头，是啊，可是往这里一坐，不得花钱吗？这可不是我们穷老百姓能来的地方。

这算什么呀？现在挣钱就得会花，有人不说吗，这钱你花出去才是你的，你攒起来不管是存到银行上，还是放在什么地方，那都是给别人的。你说咱们也是四十多岁的人了，什么事也得想开一点儿，这才叫享受生活，对吧文娟？

李文娟木然地点点头，我怎么能和你相比呢？你现在轿车开着，大老板当着，我们没法比。

看你说的，只要你同意，我保证用不了几年，你也能到我这种程度。谢天喜说得态度很真诚。

李文娟摇摇头，算了吧，那我想都不敢想。

怎么，你还想炒股？你就不嫌那闹心呀。谢天喜端起红酒来，好了，我看你就别去炒那个股了，你就把它放在那里，什么时候股市好了，升起来了，你想抛再抛。

你说得倒轻巧，你知道我投到股市的那几万元钱是干什么的吗？是给孩子准备的学费。李文娟满脸愁容地说。

那有什么呀？你现在要割肉，那不全赔光了吗？谢天喜显然明白这方面的事。我就跟你说吧，炒股这种东西，第一要有经济实力，第二要有心理素质。你看看你现在这个样子，总想着挣钱，可那股市呢，偏要往下跌，你就揪心你就害怕，等它再有机会涨起来的时候，你又怕它跌下来，又得赶紧去卖，这么折腾几下子呀，你手里的那几个钱也就差不多了。

你说得倒真是很对。李文娟望着谢天喜，你知道吗？自从我炒了这个股之后呀，晚上没有一天睡得安生的，不用说别的，就是做梦也都是股票上的事。对了，前些日子我在一个旧报纸上看到了一个消息，那上面写非洲有一个部落，好像有一种人和咱们正常人不一样，咱们身上的血液都是红色吧，可那些人身上的血却是绿的。看到那个消息之后我就想，我这身上现在这个血呀真是绿的，就像那股票大厅前面闪动的那些绿色的字似的。我现在每到大厅里一看呀，就觉得身上这个绿色的血呀顺着这伤口就淌出来，你说把我疼得呀……

谢天喜不由得乐了，你看看你，整天想这个，血都绿了，哈哈。

李文娟皱了一下眉，你看看你，把我难受成这样，你却在那里乐，幸灾乐祸。

我觉得你说得挺有意思。谢天喜望着李文娟，你这个比喻也挺生动的，绿色的血，真有意思。

李文娟说得很认真，真的，我真是这么感觉的，我就觉得我这个伤口现在始终愈合不了，每天都在流血，对了，就是那绿色的血。

用你的话说，别人受伤那都叫红伤，而你现在受的是绿伤，也叫股伤，对吧？谢天喜盯着李文娟。

李文娟点点头，也可以这么说吧，对，就是绿伤。

我看呀，要治好你这绿伤，你现在就听我的，就到我这里来，我保证你两年就把你股市上赔的那点儿钱挣回来。

谢天喜的提议显然使李文娟动心了，如果真是按照谢天喜给她的这个条件，那两年之后真的会把现在这笔钱挣回来。可是琪琪马上就要上大学了，也不能等到两年之后了。想到这里李文娟又很沉重地说，可是孩子的学费现在不是没有着落吗？我这心里真是着急呀。

看你说的，孩子的学费也不是说一笔全都拿出来。怎么样，只要你同意，孩子学费的事我先借给你，然后从你的工资和奖金里扣除，这总算行了吧？

李文娟没有马上回答，沉思了一会儿，望着谢天喜，谢谢你的好意，不过这个事我确实得回家商量商量。

行，我方才不是说了吗？我给你两天时间。

王福生回家之后，立刻把好消息告诉了母亲。

这回可好了，你的工资这回能涨不少吧？董云望着王福生，喜悦地说。

王福生点点头，是啊，听说一个月就比现在要多挣几百元钱。

行，这个消息文娟回来之后你赶快告诉她，她肯定会高兴的。

王福生看了看墙上的挂表，怎么回事啊，她怎么还不回来？

可不是嘛，你说这琪琪也是，这么晚了。

王福生拿起电话，我给她打个电话，怎么现在还没有回来呀？股票大厅不早就收盘了吗？

王福生说着打通了李文娟的手机。

什么，行，那我们就先吃了。

王福生放下电话望着母亲，她说遇到了一个熟人，已经在外面吃了，一会儿就回来。

什么，熟人？这个事可不多呀。董云一边往厨房走一边说。

那咱们先吃吧，对了，把菜给琪琪留一点儿就行了，王福生一边说着一边跟母亲走向厨房。

四

谢天喜和李文娟走出那家西餐厅的时候，天已经全黑了。

谢天喜很绅士地打开门，做了一个请的手势。

李文娟望着谢天喜笑了笑没有吱声，坐进车里。

谢天喜把李文娟送到楼下，向楼上望了望，怎么，你就住在这里呀?

李文娟点点头，可不是嘛，还是我婆婆当年分的房子呢，现在面积可小了。今天太晚了，等什么时候有机会也请你到上面去坐一坐。

行，对了，你赶紧回家里去和家里人商量吧，我等你的消息。

李文娟打开车门向楼上走去。

李文娟走到楼梯门口向后面望了望，谢天喜打开车窗还向她挥着手。

天已经很晚了，当李文娟走上楼的时候，王琪和母亲已经睡下了。

王福生在卧室里看着电视，一看李文娟回来了，便赶紧从床上下来。

听说你遇上熟人了，吃的什么饭呀？

还什么饭？那可是平时吃不到的，我告诉你吧，西餐。

真的吗？真是少见呀，看来你这个熟人还挺有钱的吧。

那当然，比你强多了。李文娟脸上有些冷淡地说。

王福生觉得没趣，想了想，往李文娟身边凑了凑，我跟你说一件事，你听了保证高兴。

李文娟望了丈夫一眼，什么事啊？现在咱们家高兴的事可真是太少了，你说吧。

今天葛厂长找我了，说我高级职称的事差不多了，怎么样，这个事你高兴吧？

李文娟还是很木然地望着王福生，这有啥呀，你说说你这高级职称都报了几次了？哪次到上面都给顶了回来，你就知道这次能通过呀？

葛厂长都说了，厂里正想办法呢，说我对厂里的贡献大，这次如果通不过的话，厂里还是会给我补偿的，就以奖金的方式把我职称的那部分钱给我补上。

你们那个葛厂长还是挺有良心的，不过那一个月才多少呀？

怎么呀，一个月就比现在多好几百，你还嫌少呀？

几百元钱就把你高兴成这个样子。李文娟望着丈夫，她这个时候觉得王福生倒有些可怜。你看看远的不比，就是和人家谢天喜相比，这也是一个天上一个地下呀，就这么一点儿钱就把他高兴成这个样子，真是没出息。

王福生没有想到李文娟对这件事还是不冷不热的，居然没有真正高兴起来，他坐在那里想着心事。

李文娟一边脱衣服一边望着丈夫，你说说你，心眼就不能活泛一些，我可都听说了，就你现在这个技术，如果到南方的药厂去，能挣大钱呢。

王福生摇摇头，你说得简单，上南方，人生地不熟的，又拖家带口的，哪那么容易呀?

李文娟叹了一口气，你呀，也就是给人家拉套的命。大钱让人家挣了，你可倒好，力没少出，实惠一点儿都得不着。

人家厂领导心里也有数，要不能把我的职称报了一次又一次吗?可不就是因为我学历低吗?如果我是本科生，我的高级职称早就通过了。王福生解释着。

算了吧，就是你干的那些活，我觉得是你们药厂贡献最大的，可是你的收入呢?别说是和人家那些当官的比，就是和普通的销售员比你也比不了呀。李文娟抢白着丈夫。

王福生辩解着，可是那种活我也干不了呀，到外面跑销售是挣的不少，可是咱们搞不明白那些关系，药推不出去的话，能挣到钱吗?那个活可不是什么人都能干的。

就看你那点儿出息吧。李文娟撇了一下嘴，我跟你说，我早就打听过了，就你们药厂那些推销员呀，那个活让我干的话，我保证比他们强得多。

王福生望了望妻子点点头，你说这个我倒有点儿相信，凭你那两片嘴，死人能给说活了，我看你搞那个还真是行。

那咱们就想想办法呀，争取把你的工作换成销售员。李文娟顿时来了精神。

王福生叹了一口气，哪这么容易呀？人家都干得好好的，再说了，干那个我心里没底。

这不是有我吗？李文娟很自信地说，你把那个岗位给我争过来，到时候咱们俩去跑，你放心吧，咱们保准能挣到大钱。

这个事……王福生有些为难地说，这不是咱们能说了算的事啊。人家在那里干得好好的，谁能愿意把那个活交给咱们呀。

这就得想办法呀，咳，你说你那个舅舅，如果在咱们东江市当个别说是副书记，就是当个局长什么的，就这么一点儿事早就办成了。

李文娟一边说着一边感叹着。

王福生点点头，是啊，舅舅当那么大的官，如果在咱们这里，就是舅舅一句话不说，不少事恐怕早就成了，不说别的吧，就是我的职称，也不会这么麻烦了。

算了，李文娟有些不耐烦地说，就知道职称，职称能挣几个钱？

如果不是在吃早饭时听了董云说的一个消息，李文娟很多事情可能都会发生根本性的变化。

后来过去了很长时间，李文娟还一直记着那天早晨的事情。

王琪吃了两口饭就上学去了，李文娟和王福生走到饭桌前，董云表情很平静，就像是随便说了一句，你舅舅昨天来了一个电话，我忘了和你们说了。

舅舅，他来电话了，什么事啊？李文娟感到很新奇，着急地问。

董云一边往碗里盛粥，一边轻描淡写地说着，其实也没有什么事，他就说一句，好像他要回到咱们东江市工作了。

这时，李文娟正咬着馒头，她赶紧把馒头放下，感到很吃惊地望着婆婆，是吗？舅舅要回来了，真是太好了。

王福生望了妻子一眼，看看你，一惊一乍的，那有什么好呀？

你是真不懂还是装不懂呀？李文娟望着丈夫，这年头，别说是舅舅那么大的官，就是科长处长的，对咱们这样的老百姓来说，那都是天大的靠山呀。舅舅这次回来，肯定是不小的官，他现在不就是南江市的组织部长吗？这次回来我看呀，不是副市长也应该是副书记了。

王福生瞪了妻子一眼，看看你，是人事局的还是市委的呀？你什么都明白。

不信你就看着，我早就看明白了，舅舅是当官的料，只是这么些年一直在南江市，如果在咱们这里的话呀，咱们早不是今天这个样子了。

李文娟一边说着，一边显得很兴奋。

董云皱了皱眉，望了望儿子和儿媳，我可先跟你们说好了，你舅舅这次如果真回到咱们东江市，咱们还是这么踏踏实实地过日子，可不要给你舅舅添什么麻烦。你舅舅这些年一直很注意这方面，在南江市人家都说他是个清官，咱们帮不上他什么忙，也别给他添什么乱。

妈，看您说的，我们能吗？李文娟赶紧解释，这年头我们也想明白了，舅舅只要在东江市工作，什么话也不用他说，我们办事的时候可成可不成的，只要舅舅在那里，你就瞧着吧。

董云点点头，你说的这个我信，可是即使你舅舅回来了，咱们也不能以为你舅舅在那里，就给他找麻烦，不该咱们办的事情，咱们也不能那么做。

王福生点点头，妈说得是啊，咱们还是踏踏实实过日子好。

李文娟望了一眼婆婆，又望了望丈夫，觉得和这两个人再说下去也没有什么意思，反正她心里早有数了，便默不作声地吃起饭来。

董云本不想把这个消息告诉李文娟，这么长时间她心里也是很矛盾的，因为李文娟这两年的变化董云早就看在眼里急在心上。她不仅为儿子王福生着急，也为这个家着急。不说别的吧，原来也是好好的日子，可就是因为这李文娟的虚荣心太强，看人家发财她就眼热，这下可好，好容易攒的那几万块钱，都被套在了股市上，现在每天都急成了热锅上的蚂蚁。这两年还经常和儿子福生吵架，都是因为那股票上的事情，而且隔三岔五地念叨，谁家亲属当大官了，谁家的亲属有大钱了，如果咱们也能有那么一个靠山多好呀。董云自然知道李文娟说的那个意思，所以昨天董风打来电话之后，董云心里也很兴奋，觉得弟弟这次回到东江市工作，最起码对她这个家庭也能带来一些好的影响，在某种程度上也可以满足一下李文娟的一些虚荣心。还有，只要董风在那里，不管怎么说也是一个很重要的影响，以后李文娟再和王福生吵架的时候，也会有所顾忌了。正是因为这些考虑，董云才在吃早饭的时候把这个消息告诉他们两个。

李文娟听到这个消息以后，心底的那种兴奋劲一时半会儿过不去。这些年她当然知道作为一个领导干部的亲属应该是怎么样的一种情况了，这种事情她见得实在是太多了。再说了，她和王福生要求也不会太高，充其量当务之急就是给王福生换一个岗位。如果舅公这次回到东江市真是当了市级的领导，不用说亲自出面，就是给药厂的厂长打一个电话，让王福生去搞推销，那不也就是小菜一碟吗？

李文娟心里的算盘打得非常精明，当然她知道丈夫出去搞销售不是长项，她对王福生实在是太了解了。可自己擅长呀，她自信自己干这个工作完全是可以胜任的，那就以王福生的名义把那些工作接下来，而自己就和王福生出去亲自跑，这样挣来的钱还不是这个家庭的吗？

一听婆婆那些嘱咐的话语，李文娟心里当然有些不快，还没等舅公回来呢，先打上了预防针，那如果回来了，恐怕……

李文娟不想和婆婆争下去，因为她了解婆婆的性格，在这一点上董云和董风是一致的。可是她李文娟不会这么一本正经地活着，只要有条件她就必须充分地利用。原来那是没有办法，现在这种有利的条件已经摆到了自己的面前，就等着自己一伸手就能拿到了，那还客气什么呀？

今天再往股票大厅走的时候，那心情果然就不一样了。

李文娟抬头望望天空，她觉得那天空的云彩都显得比往日更白了，天也比以前蓝了许多，她知道这是心情所致。

快走到股票大厅的时候，李文娟的手机响了起来。

李文娟拿过来一看，她知道那是谢天喜的电话号码。

谢天喜在电话里催问李文娟想得怎么样了，李文娟当然知道谢天喜指的是什么事情。如果没有今天早晨婆婆说的这个事情，李文娟可能很快就会答应谢天喜，因为谢天喜给她的那个条件确实是非常优厚的，她也明白谢天喜对她的那份心思。李文娟早就在心里想好了，你有千条妙计我有一定之规，你不是冲着喜欢我来的吗？那么我就将计就计，不声不响地把好处先拿到手里；至于你喜欢我，那也得看我是不是真的喜欢你，那是将来的事情。可是李文娟听婆婆说了舅公的事情之后，答应谢天喜的念头便打消了。可李文娟经历的事情也很多了，她不想把这条路完全堵死，她在想，如果董风的这条路行不通的话，那么就还把谢天喜的这条路先留着。于是李文娟对着电话解释着，我这阵子需要忙女儿考学的事情，如果到你的公司去上班，也得等一段时间再说。

谢天喜当然能听明白李文娟的托词，可是他也没有办法，觉得这个事情是急不得的，如果催得太急了，反倒不好。谢天喜知道自己只要是放长线，李文娟这条大鱼早晚会上钩的，他从侧面已经打听清楚了李文娟的经济状况，李文娟这两年虚荣心在不断地增强，现在是一门心思要挣钱。这就好办了，只要你有这个念头，那么现在我谢天喜完全有能力帮助你实现这个愿望，我就不信你上不了钩。

谢天喜在电话里也没有勉强李文娟，只是告诉李文娟，他的大门随时向李文娟敞开，什么时候觉得可以了，便可以随时和他联系。

胖姐和瘦张早就等在了大厅里。

股票大厅前面的电子显示屏像往日一样半死不活地闪动着，依然是一片绿色。

胖姐一看李文娟走进来，便赶紧迎了过来，你看看，我刚才还和瘦子说呢，说你今天不会来了，怎么样？

瘦张嘿嘿一笑，凑到两个人面前，我觉得今天也没有什么行情，你说文娟这几天来了，也是挺闹心的，我就觉得她不会来了。

李文娟微微一笑，在家更闹心，在这里不还有你们两个陪着吗？

胖姐拍了拍李文娟的肩膀，看看，这才叫姐妹呢。

瘦张笑嘻嘻地望着两个人，不管怎么说，昨天我的那个股票还升上去一点儿，今天中午我请客，你们俩想吃什么？

那咱们就去望江楼吃一顿大餐吧，算给你一个面子。李文娟说得一本正经。

瘦张顿时傻了眼，怎么的？要打劫呀，要人命呀，我说的这个让你们选，是中午那些盒饭或者面条，让你们选是三元的还是五元的。

胖姐乐了，你看看你，还好大一个显示，就用那个盒饭打发我们呀，文娟，不行，是不是呀？

李文娟乐了，对，是不能答应他。

五

谢天喜坐在软卧车厢里，有些愁眉不展。

他旁边坐着的那个年轻女人正趴在谢天喜的肩膀上。

谢天喜伸手拍了拍那个年轻女子的脸，我不是说了吗，让你到上面睡一会儿，我正想事呢。

老板，这两天我看你心事重重的，怎么了，咱们这一阵子效益不是不错吗？你看看你。那个年轻女人依然趴在谢天喜的肩膀上。

你不懂，你还是去睡一会儿吧，让我一个人静一会儿。谢天喜面无表情地说。

那个年轻女子瞪了谢天喜一眼，很无趣地爬到上面的铺上，拿起一本书翻看着。

谢天喜望着车窗外边，田野已经渐渐地泛出绿色，很多人都在田野里忙着。

这几天确实让谢天喜挺难的，那天偶然和李文娟相遇，对谢天喜来说，真是天大的喜事，尤其是后来听说了李文娟这两年的情况之后，心里便非常有把握能走近了李文娟。通过和李文娟的交谈，他觉得两年前没有实现的目标现在马上就要实现了，他心里高兴得不得了。这两年他到俄罗斯去搞贸易，虽然身边的女人有几个，尤其身边叫小红的这个，说起来也是挺善解人意的，对自己也不错，可总觉得不尽心意。正应了那句话，容易得到的便不值得珍惜，越是不容易得到的自己越想征服，李文娟正是这样的人。

小红在上铺故意弄出动静，谢天喜没去搭理她，他知道小红这两年跟着自己对自己是不错，可是他不能和小红这样的女人走得更近，这样的女人太爱慕虚荣，而且在很大程度上是奔着他的钱来的。如果谢天喜在生意上有闪失的话，那么这个小红肯定会离他而去，说不上会投入谁的怀抱呢。虽然这个小红年轻漂亮，可谢天喜总觉得没有味道，那么有味道的女人是什么样的呢？在谢天喜的意识里，第一个出现的便是李文娟。

那天在西餐厅里两个人吃饭的时候，谢天喜很敏感地察觉到李文娟现在的经济状况不是太好，而且一门心思想挣钱，投到股票上的那笔钱现在看来十有八九是打了水漂。现在李文娟的孩子马上要上大学了，按说李文娟这个年龄也算是徐娘半老了，如果他谢天喜能够点头让李文娟进他公司的话，对李文娟来说也是一个天大的喜事。谢天喜把那个话撂下之后，满以为李文娟出于矜持，故作姿态，第二天在和他通话的时候，就会满心欢喜地答应，没有想到李文娟却给了他一个软钉子，虽然没有完全回绝，可听得出来，李文娟并不想马上到他这里来。

也就是从那一刻开始，谢天喜的心便感觉冷了下来，情绪受到了很大的影响。谢天喜给自己总结这一辈子很多事情都是靠情绪完成的，做买卖是，做人做事都是，现在看来这次再回俄罗斯，因为李文娟的事情，恐怕生意也会受到影响。

我真是不明白了，谢天喜在那里苦苦地思索着，我手里有钱，你李文娟早晚得上钩，可是再拖几年，说不上有什么变化呢。谢天喜越想越着急，可是光急也没有办法呀，谢天喜在暗暗地下着决心，等这次从俄罗斯回来，我再去找一找她，一定要把这个堡垒攻下来。

谢天喜躺在下铺思索着，这时上铺的小红悄悄地下来，因为这个软卧包厢现在就他们两个人，对面铺上的两个人刚出去，已经半天没有回来了。小红下来之后，轻轻地伏在了谢天喜的身上，谢天喜睁开眼睛望着小红，怎么，我不是让你睡一会儿吗？你怎么……

人家睡不着嘛。小红故意装出娇滴滴的声音，把脸贴在了谢天喜的脸上……

王琪这两天真是忙极了，因为高三第一次模拟考试就要进行了，昨天老师在班里特意讲，这次学校用的题是从南方拿过来的，听说是南方几所重点中学联合出的题，对高考之前的模拟非常有参考价值。

东方剑坐在王琪的身后，心不在焉地翻看着英语书。

东方剑早就没有了考大学的心思，因为靠他现在的学习成绩根本没有考上国内大学的希望，好在父亲东方志远已经给他准备好了一大笔钱，说考试完了之后就送他出国留学，到欧洲还是到美洲，还是到日本，由他自己选。现在看来他倾向于去欧洲留学，因为不管怎么说，他现在学的外语是英语，再说了，他喜欢欧洲。

说起外语，东方剑心里便非常着急，不管怎么说，其他科目都还好说，这外语是出国必备的，咱们总不能要求人家外国老师也用汉语讲课吧？如果这语言不过关的话，那将来学起来肯定会成问题的。在这一点上，母亲郝卫琴也非常重视，在家里悄悄地给东方剑立下了一个规矩，并附加了一个奖励的标准，那就是东方剑必须要在高考之前达到外语及格的水平。参加模拟考试时，在及格的基础上，每多出一分，她就发给儿子东方剑五十元钱的奖金。东方剑实在是没有把握拿到这笔奖金，别说是及格，凭他现在这个水平能考到四十分那已经要念阿弥陀佛了。

东方剑不由得望了望前面的王琪，王琪这个女生不论是学习还是长相，在东方剑心里的位置都越来越重要了。原来还没有觉得什么，正是应了那句话，女大十八变，刚上高中的时候，王琪还显得很普通，倒是班里其他几个女同学和东方剑打得火热，可是渐渐地东方剑觉得王琪才是他心仪的对象。可是王琪很内向，平时也不多言多语的，他试图接近王琪几次，可是王琪都很冷漠，没有办法，东方剑就在那里想着如何才能走近王琪。

中午下课的时候，东方剑从后面紧追了几步向王琪喊道，王琪，今天中午我请客，我正好有件事想求你呢。

王琪回过头来望望东方剑，你能有什么事求我呀？你说吧，看看我能不能办到。

太能了，这些日子我就想，在咱们班能帮这个忙的只有你王琪，怎么样？拜托了，东方剑说得非常真诚。

在王琪的心里，东方剑属于那种银样镴枪头的男生，人长得一表人才，可是学习不行。不过人家家里有钱，高考之后马上就能送出国去留学，正是因为这样，东方剑学习才不用功，也吃不了这份苦。不像自己，除了考大学这条路，别说是出国呀，国内大学的学费还不知道自己的父母怎么想办法能搞出来呢。出国的事对自己来说那根本是不可能的，听说出国的学费一年就要几十万，都赶上国内供好几十个大学生了。每当想起这些的时候，王琪心里既羡慕又嫉妒，尤其是对东方剑这样的人。

东方剑把王琪拉到旁边，小声地说，咱们不是要外语考试了吗？我有一个事，必须你来帮帮忙。

什么事？你说吧。王琪望着东方剑。

这样，中午我请客，你是想吃肯德基还是麦当劳？咱们边吃边说。

王琪望着东方剑，心里在想，你这个浪荡公子反正有的是钱，你又要我帮你的忙，那好吧，我就宰你一顿。王琪想到这里点点头，这两样哪样都行，你请客你做主。

那就肯德基，走。

王琪跟着东方剑走到离校园几百米外的肯德基，坐在那里等着东方剑，东方剑过去一会儿把要吃的东西端过来。

王琪拿起鸡腿吃了一口，真挺香，可是有那么句话呀，叫无功不受禄，你说吧，不管怎么的，这肯德基我总不能白吃吧。

东方剑笑了，看看你，比我还着急呢，是这么回事，咱们不要模拟考试了吗？我考大学肯定是没有指望了，可是我爸我妈对我的外语要求很严，因为要出国留学，像我这个外语水平根本不行，可不管怎么说，我妈给了我一个奖励政策。

什么，还有奖励政策？你们家的事可真逗啊。王琪一边吃着一边望着东方剑。

我妈规定以六十分为基础，如果我能多考一分，便给我五十元钱奖金。东方剑说得很平静。

什么，一分就五十元？王琪听着却很吃惊。

那还算多？七十分以上一分就是一百元。东方剑望着王琪。

哎呀，你们家可真是有钱呀，别说是一分五十元，我如果是一分给我五元钱，我都得高兴得睡不着。王琪羡慕地说。

琪琪，东方剑故意把王琪的两个字叠在一起说，显得很亲切很热烈。我的外语成绩你是知道的，别说是六十分，现在让我考四十分恐怕都考不上，于是我就想到了你，请你给我帮帮忙。

王琪望着东方剑，怎么，这个事我怎么能帮忙啊？我又不能替你答卷。

这个不用你管，我都想好了，咱们每次考试不是有七八十分的选择题吗？你就在前面给我发暗号，比如说，你把手放在你的脑后，伸出手指头，标准是第几题，然后再用另一只手比画着我是选 A 还是选 B 还是选 C，还是选 D，这不一下子就齐了吗？

王琪望着东方剑乐了，你小子学习不行，这方面的鬼点子倒不少。

不管怎么说这一关总得过，如果得了奖金咱俩平分，你看行不行？

算了吧你，我可不跟你分这种奖金，这叫作弊，你这不是糊弄家长吗？

东方剑满不在乎地说，管他呢，反正我们家有的是钱，我妈就是不以这个名目给我，我如果向她要的话，她也会给，可是用这个，她心里是高兴的。

你呀，你这能瞒得了她一时能瞒得了她永久吗？再说了，将来如果你出国留学，那外国老师可不会和我一样帮助你。

东方剑摇摇头，这个你不用管，走一步说一步呗，到时候再说，顶多我在英国或者在什么别的国家多学一年外语，再考它的学呗。

王琪指点着东方剑没有说什么。

你快说呀，我把我的计划可是全盘交给你了，你快说呀，这个忙到底帮不帮？

王琪点点头，行，我可跟你说好了，我可不是为了分你的奖金。

看你说的，这个我能不懂吗？不管你同不同意分，你对我够意思，我肯定也会感谢你的，东方剑说得很认真，到时候你可别跟别人说。

王琪乐了，我也不傻，我帮你过了这一关，奖金你自己要吧，不过你多请我吃两顿这个就行了。

没问题，这太小意思了。东方剑很豪爽地答应着。

东方剑乐颠颠地回到家里，他心里有数了，这次外语成绩肯定错不了，因为王琪的外语在这个班是出类拔萃的，只要王琪点了头，按照东方剑设计的那个暗号帮他，这次考试考个六七十分是不成问题的。

郝卫琴一个人在家，每天郝卫琴唯一的事就是给东方剑做饭。等东方剑回来的第一件事就是询问儿子这一天学习得怎么样，考没考试，考得怎么样。

面对母亲的询问，东方剑早就烦了，可是没有办法，又得每天想方设法地应付着，好在郝卫琴对高中的课程一点儿不懂，东方剑怎么说，郝卫琴就怎么听。

儿子，你看看你，也不多穿一点儿。郝卫琴接过儿子的书包，伸出手要帮儿子捂捂脸。

东方剑把母亲的手推开，你看看你，我都多大了？再说了，现在外面都暖和多了，你看看那树都绿了，冷什么呀？

今天考试了吗？郝卫琴还像往日一样盯着儿子问。

没有，得下一周呢。东方剑坐下来喝了一口水，下一周开始就是第一次模拟考试了。

郝卫琴走过来坐到儿子身边，怎么样？

东方剑很自信地望着母亲，没问题，我不和你说了吗？到时候你看成绩吧。

郝卫琴放心地点点头，你这么说的话，我就放心了。不过，你可得给我多考点儿分，我可听说了，出国留学的人，最关键的就是外语。

妈，这个我能不懂吗？东方剑走到桌子旁望着桌子上的菜，拿起筷子吃了一口，对了，你答应给我的奖金，你不能反悔吧？

郝卫琴乐了，瞧你这孩子，我跟你说过的话什么时候反悔过？只要你能给我考到六十分以上，我还是那样奖励你；七十分以上多一分奖励你一百元；如果你给我考八十分以上，多出一分奖你两百。

东方剑望着母亲，你可得说话算数呀。

郝卫琴望着儿子，保证算数，你就好好考吧。

晚上，李文娟和王福生躺在床上。

李文娟不停地用遥控器调换着电视的频道，终于觉得没有什么意思，就把遥控器扔在了一边。

李文娟用胳膊碰了碰丈夫王福生，福生，我跟你商量一件事。

王福生侧过头望了望妻子没有说话，而是在那里等待着李文娟的下文。

你没听妈说吗？舅舅要回来了。李文娟望着王福生。

王福生盯着妻子，妈不是嘱咐咱们了吗？你可千万别动什么坏心眼，舅舅回来你也少给他添麻烦……

你瞧瞧你这个胆儿，李文娟瞪了丈夫一眼，我还没等说啥事呢，你瞧瞧你，再说了，我不也是为这个家吗？

王福生有所顾虑地望着妻子，可是咱妈……再说舅舅那个人……

李文娟望着丈夫，这个你就放心，我不会给舅舅添麻烦的，可是有一点你是知道的，这年头如果有一个靠山的话，办什么事都会方便的。再说了，咱们要求也不高，比如说等你舅舅回来了，让他出个面跟药厂的那个葛厂长打个招呼，让你出去跑销售。我都算了，时间不用长，咱们就干他三年五年的就行了。

你呀，这个心思就是不能放一放。王福生望着妻子，我不是和你说了吗？干那个我不行。

李文娟用手推了一把丈夫，不是还有我吗？到时候我和你一起去跑。

王福生望着李文娟，算了吧，舅舅不知道什么时候回来呢。再说了，如果舅舅不打电话，你这不也是瞎想吗？好了，天也不早了，赶快睡吧。

王福生说着，拉灭了床头的电灯。

李文娟叹了一口气，依然睁着眼睛躺在那里想着心事。

摆在李文娟面前的当务之急就是挣到一笔钱，她又不想马上屈从于谢天喜，因为谢天喜那条路在李文娟看来，那是没有退路的时候可以作为参考的一条路。谢天喜的心思她当然知道，如果说两年前李文娟拒绝了谢天喜的要求，那个时候经济条件和想法跟这个时候还不能相比；而现在李文娟和两年前是大不一样了，如果按照自己现在的想法，谢天喜还对自己痴心不改一往情深，便应该答应谢天喜。这又不费什么力气，不就是到他公司去干一段时间吗？再说了，也都是过来人，又不是黄花大闺女，他又能吃了自己不成？一个月两千元钱再加上红包奖金之类的，一年挣几万是不成问题的，这样女儿的学费不就有着落了吗？可偏偏在这个时候，舅公董风却要回来了，现在看来这又是一条路了，如果这条路能走通的话，那一年挣的可能就不只是几万了。李文娟听说在药厂搞销售的人一年搞好了能挣十万甚至更多，李文娟美美地在心里设计着，她觉得这个目标正一步一步地接近自己，如果舅公董风从南江市真的回到了这里，那么这个目标对她来说便易如反掌。

李文娟继续想着，听见旁边王福生已经睡着了，她便觉得王福生这个人虽然是一个不错的老实人，可是就是容易满足。和他一起毕业的那些人，谁还像他似的，一天就是搞那点儿技术，就是靠那点儿死工资。可是没办法呀，当时也是自己相中了这个书呆子，路是自己走出来的，现在看来这个家想挣到更多的钱，只有自己按照自己的想法一步一步去实现了。

在另一个房间睡不着觉的是董云。

接到弟弟的电话之后，董云的心里一直平静不下来，虽然她表面故意装着很平静，就像什么事情也没发生一样，可是她知道，儿媳李文娟为什么盼着董风能早点儿回到东江市，可她这当姐姐的盼着弟弟回到这里工作，和李文娟的想法根本不是一回事。

四十年前父母惨死之后，他们姐弟俩相依为命，那真是一段艰苦的岁月呀，如果不是遇上好心人王信成的话，她说不上能不能活到今天，而董风也就更不会有今天这样的前程了。

董风大学毕业之后，分到了东江市工作了一段时间，那几年董风的进步很快。董云看在眼里喜在心上，觉得弟弟的身上有父亲的遗风，办事认真，在工作中从来不搞邪的歪的，老百姓都说董风工作一身正气，就像当年的董书记一样。

董云自然又想到了郝国栋，这个名字这些年在董云的心里每一天不知道要念叨多少遍，可是这四十年里，董云硬是咬着牙没有和郝国栋见上一次面。尽管后来好日子也来了，但是董云觉得，自己去找郝国栋，总觉得让人家以为她有巴结领导之嫌，因为郝国栋在东江市工作非常出色，仕途上也进步得很快，从一个普通的科员一步一步走到了副市长的位置上，在东江市的老百姓心中真是有口皆碑。越是这样，董云越觉得自己和郝国栋的距离拉得越大，就越不能去找郝国栋。

这期间郝国栋曾无数次打电话给董云，可是董云都以各种理由和借口拒绝，从来不去和郝国栋见面。

可是在董云的心里，对郝国栋一直没有放下，两个人是中专时的同学，在毕业的时候两个人确立了恋爱关系，又一起分到了东江市。当时一起来到东江市的还有董云最好的同学孟倩，三个人一起来的时候正值风华正茂，欢天喜地地进行着每一天的工作和生活，孟倩也从心里祝福着他们两个人能早点儿结婚早点儿开始新的生活，谁想到一夜之间世界全都颠倒了，父母被抓了起来，自己又被下放到木材厂劳动。当父母惨死的消息传来之后，董云给郝国栋留下一封信便跳进了江里，被王信成从江里救起之后，董云的第一个念头就是赶紧结束同郝国栋的关系，如果两个人还继续下去的话，那么郝国栋也会受到她的牵连。于是在郝国栋还没有赶回东江市之前，董云便和王信成结了婚。后来董风从小学读到大学，大学毕业之后回到东江市工作的时候，郝国栋已经当了组织部长，对手下的科员董风更是关心备至，而董风很多方面正是把郝国栋当成了榜样，学得很快，进步得很快。这些消息传到董云的耳朵里，董云当然知道这是为什么，可是她不能把全部的事情都告诉弟弟。

董云和郝国栋分手之后，后来她听说郝国栋和孟倩走在了一起，她从心里悄悄地祝福着两个人，可是在自己的心里还是时常想起郝国栋，而且这种思念与日俱增。

在长长的夜里，董云经常会想起往事，而这些往事让她想起来便有很多的辛酸和痛苦，可是没有办法，这些往事总是那么和她不期而遇，越是在夜深人静的时候，这些往事就像松花江的波涛一样，一浪高过一浪，在董云的心头汹涌着……

六

早晨，李文娟和王福生离家之后，董云把房间打扫干净，坐在那里看了一会儿电视，又想起了什么，回到自己住的屋子里打开柜子，从柜子的最底层拿出一个铁盒，铁盒里面是一封信，董云把那封信展开静静地看着。

董云的面前仿佛又出现了丈夫王信成的身影……

王信成是一个天下很难找到的老实人、大好人，当王信成了解了董云的情况之后，对董云更是关怀备至，两个人结婚之后，家里不管大活小活都让王信成一个人包了。尤其是儿子王福生出生之后，王信成更是把王福生视同己出，把所有的爱都投放在王福生的身上。在董云的记忆当中，小时候的王福生经常是骑在王信成的肩膀上的，从上小学开始，每天都是王信成接送。不仅对王福生，对董风也是如此，从小学到中学再后来到大学，一家人省吃俭用供着董风上学，王信成从来没有一句怨言，而且把家里所有好吃的都留给了董风和王福生，他和董云吃着粗粮。

董云真是从心里感谢王信成，虽然这一辈子她没有给王信成作为一个妻子、一个女人真正的那种发自内心的爱，可是她却从王信成那里得到了天底下最多的呵护。从这一点上说，她董云从心里是满足的，可是感情这种东西是没有办法勉强的，尽管和郝国栋不可能再走到一起，这一辈子也可能见不到面了，可是在董云的心里，郝国栋是她这一生唯一爱过的男人，而王信成，是这一生对她董云最好的男人。

正是由于这两个男人，才使董风能够走上自己的事业之路。现在弟弟马上就要回来了，虽然董云不想因为弟弟成了高官而得到他的照顾，现在她心中所期待的就是董风在事业上的发展，在工作中的进步，因为只有这样，才能告慰九泉之下的父母。

由董风又想起了郝国栋，郝国栋对董风的照顾和提携，董云是心明如镜的，她也知道郝国栋为什么要这样做。

董云越是这样想着，郝国栋这个名字在董云的心里越是放不下……

虽然是模拟考试，但是考场的纪律很严。

考试之前老师特意强调，马上就要临近高考了，咱们所有的模拟考试都要从实战出发，因为这样才能考出真实的水平，大家将来在报志愿的时候才会做到心中有数，才会有一个更加真实可靠的标准。

按照两个人的约定，东方剑在后面悄悄地对前面的王琪嘱咐着，王琪没有回答东方剑，而在考试的时候按照约定不停地给东方剑发着暗号。

东方剑心里美滋滋地向前面望一眼，在自己的卷子上标一下。就这样，等他们两个从考场里走出来的时候，东方剑走到王琪身边小声地说，哥们儿真是谢谢你了，走，我请客。

王琪摇摇头，今天就不去了，等你成绩下来，拿到奖金再说吧。

那也好，等我拿到奖金的时候，你想吃什么随便挑。东方剑说得很豪爽。

王琪望着东方剑想笑又笑不出来，你呀，我现在真是成了你的同谋了。你说说哪有咱们这样的，合起伙来骗人，更何况骗的那个人是你的母亲。

东方剑坦然地望着王琪，这有什么呀，这不也是善意的谎言吗？你说你，难道非让你的父母堵心不成，你让她高兴高兴有什么不好？

王琪乐了，有你这样让她高兴的吗？用欺骗的手段让她高兴，如果将来露馅了，我看你吃不了兜着走。

东方剑乐了，露什么馅呀？等我高考结束之后那成绩我都不用看我就出国了。对了，我还有一个想法正想跟你说呢。

你又有什么想法了？我跟你说，这个考试给你发暗号的事我都有些后悔，你别整出什么别的事来，我可跟你说，我可不干了。

东方剑望着王琪，瞧瞧你，你把我想得也太坏了，我跟你说的是好事。

什么好事啊，我真是不放心，你小子还能想出什么好事来？王琪故意激着东方剑。

东方剑又往王琪身边凑了凑小声地对王琪说，我有这么一个想法，我不是要出国吗？觉得一个人出去挺孤单的，我想让你陪着我去。

王琪好像没有听清，或者是不敢相信，直愣愣地望着东方剑，你说什么？

我说，让你陪着我出国，咱俩一起出去。东方剑提高了声调，一字一顿地说。

王琪赶紧摇摇头，那根本是不可能的，你想啥呢？我可都听说了，出国留学，像你们家还行，我们家呀，那根本是办不到的。

东方剑盯着王琪，我说的意思就是，学费让我爸出，只要你们家人同意就行。

算了吧你，我出国留学让你爸出学费，我是你什么人呀？亏你想得出来。王琪望着东方剑摇着头。

东方剑又走到王琪身边，那还不简单吗？就说你是我的女朋友，我爸那么多钱，送咱们两个出国，那不是小菜一碟吗？

什么，你的女朋友？王琪盯着东方剑，谁是你的女朋友呀？你净瞎说什么呀？

东方剑嬉皮笑脸地望着王琪，那有什么呀？我不就是学习差一点儿吗？除了这个，你说说咱们班的那些男生，我谁都不服，本人也是一表人才、心地善良，还有，家庭经济条件殷实。你说说，将来我出国留学之后，把我爸爸公司的班一接，大老板一当，别看咱们班的那几个男生又是想考北大又是考清华的，我看他们毕业之后啊，能赶上我的真不多呢。

你别瞎吹了，还当大老板呢，你就是当国务院总理我也不稀罕。

东方剑望着王琪，你说你，人家给你说正经的呢，你净说气话。

王琪瞪着东方剑，谁给你说气话？你这个浪荡公子呀，一天没有正经事，心思不花在学习上，你说说你，这两年你和咱们班几个女同学……

真是冤枉呀，东方剑认真地望着王琪，我和她们那都是逢场作戏，其实我心里就有你一个人。

你看看你，说着说着就来劲了，王琪有些恼怒地望着东方剑，我不跟你说了，我得回家了。

东方剑又追了几步，你好好想一想，我说的真是真的。

王琪回过头来瞪着东方剑，我可跟你说，你要是再缠着我，别怪我打电话告诉你妈，把你骗奖金的事给你告发了。

东方剑赶紧举起双手，不敢了，不敢了，你可千万不能告状呀。东方剑望着王琪，我再不说了不行吗？对了，以后你就是我的外语老师，学生这厢有理了，王老师。

王琪站在那里一看东方剑说的那个样子，又做出那些动作，忍不住笑了，指点着东方剑，你呀……

站在股票大厅里，眼睛盯着前面的电子显示屏，可心思早就飞到了外面，李文娟站在那里想着心事。

文娟，你这是怎么了，傻呆呆站在这里不吱声？胖姐不知道什么时候出现在李文娟的身边。

李文娟愣了一下神，哎呀，你什么时候来的？看看咱们的股票怎么样了。

看啥呀，还是那个熊样子。胖姐走过来拉住李文娟，走，咱们到那边去坐。

李文娟跟着胖姐坐到旁边的椅子上。

昨天刚回家，我就和我们家的那位吵了一架，你说说他，整天出去打麻将，回到家里还等着我做饭。胖姐说得很气愤。

你看看你，不就是做点儿饭吗？李文娟劝解着，那又累不死你。

胖姐嘴一噘，人家心情不是不好吗？哪有心思做什么饭呀？

李文娟点点头，倒也是，这两年都够我活十年的了，这心里呀，老被这个东西给搅得乱七八糟的。

谁说不是啊，我现在真后悔买这个东西，你说当时咱们……

李文娟无奈地摇着头，你瞧瞧，这大厅里这几个人，和咱们的情况都差不多少，人家那些挣大钱的才不管呢，赔个三十二十万的那都不算啥，你说咱们，手里就那么几个钱，现在给套的，你说要是割肉吧，咱们割不起，不割肉吧还等钱花。李文娟还想说下去，又觉得说下去也没什么意思，便闭了嘴。

胖姐还在那里喋喋不休地念叨着，你说咱们这些人，整天往这里跑干什么呀？我都想了，要不过两天我就到菜市场去卖菜了。

李文娟望着胖姐，你去卖菜，你吃得了那个辛苦吗？你知道吗，要起大早去上菜，然后再把那些菜推到市场去卖，卖不了晚上还要把它放好，还要往上喷水，哎呀，我看你呀，还是省省心吧。

那你说怎么办？也不能在这里干挺着呀，胖姐望着前面，皱着眉头，我们俩就靠退休的那两个钱，现在也不够花。儿子倒是工作了，可是指不上呀，找个女朋友三天两头地回来，要这个又要那个，说不上结婚的时候还得要什么呢，我和他爸正犯愁呢。

是啊，你儿子要结婚了，我女儿要上学了，这可都是要花大钱的呀。李文娟感叹着。

谢天喜的生意这一次做得不太顺，在谢天喜的心里，挣钱多少那是次要的，主要是这一路上他的心里总是很乱。

善解人意的小红总是想办法安慰着老板，可是这次小红也是搞不明白，为什么谢天喜的情绪始终提不上来。

谢天喜心里当然明白了，这完全是因为李文娟的事情。如果前些日子没有见到李文娟，倒也罢了，见到了，自己心里的那个目标马上要实现的时候，那个目标却又转眼之间要消失了，这让谢天喜的心里始终放不下。每当他和小红亲热的时候，眼前出现的总是李文娟的那张脸。

火车里虽然很安静，可是谢天喜的心里平静不下来。他这一路上想好了，这次回到东江市，第一件事就是想办法再找到李文娟，不管怎么说，他一定要努力地想尽办法把李文娟搞到自己的身边。只要李文娟能够答应到他的公司来上班，那以后的事情就好办，必要的时候他还想给李文娟更优惠的条件。谢天喜在心里念叨着，你李文娟现在不是缺钱吗？那么我就答应你，多给你工资，两千不行就一个月给你三千元，我就不怕你不动心。

一下车，在路上谢天喜就把电话打到了李文娟的手机上。

李文娟虽然没有很生硬地拒绝他，也同意和他见面，但是在电话里谢天喜听得出李文娟并不是很热情。可谢天喜心里还在想，等一会儿见面了，我再把这些礼物往上一送，再说说我现在给你的这些条件，瞧着吧，你李文娟就是不马上答应，也会动心的。

这回两个人没有去那家西餐厅，而是到了一家刚开业的酒楼。

酒楼装潢得很讲究，在那个雅间里，谢天喜正在那里等着。

李文娟走进来时，望着谢天喜，怎么，你这老板刚从那边回来呀，这一次又挣了不少吧？

谢天喜没有回答李文娟的话，而是目不转睛地望着李文娟。

你怎么这么看着我呀？又不是不认识。李文娟很坦然地坐到了谢天喜的对面。

谢天喜拿过包，拿出几样礼物来。看看，这是我送给你的。

李文娟望着摆摆手，这我怎么能收呢？这么贵重的东西，不行。

看看你，我这可是真心实意的。谢天喜把那个包拉锁拉上推到李文娟的面前，这些都是给你的，都是从俄罗斯那边带过来的小玩意儿，不值什么钱，你就收下吧。对了，我看这里有两样东西你女儿肯定喜欢。

李文娟点点头，你既然这么说了，那我就谢谢你这大老板了，不过……不过我也不能白收你的礼物呀，你说吧，我能帮你什么忙啊？

谢天喜摆摆手，不用不用，前些日子我不是跟你说了吗？你什么时候能同意到我们公司去上班，那就是对我最好的感谢了。

这个事我得好好想一想，再说了，我女儿这两个月考大学正紧张。李文娟搜肠刮肚地找着理由，在她心里还是不想把谢天喜这最后一条退路堵死。如果董风的事情一时没有着落，暂时还回不到东江市的话，谢天喜这条路不是不可以考虑的，可是现在还要再拖一拖。李文娟想到这里，继续解释着，你想呀，现在孩子可是最关键的时候，如果我到你那里去上班，就不能很好地照顾她，如果考学出了个什么差头的话，那可就后悔莫及了。

行，那你就再等等，我可把话放在这里，这个机会可不是永远等着你的。谢天喜很认真地说下去，我也不能把公司里的工作放在那里，等着你女儿考大学，你说是吧？

李文娟点点头，那倒是，我不是说了吗，你也别老等着我，有合适的你也安排人。再说了，我就是将来能不能到你那里去，现在还是两说着的事，别把你的生意给耽误了。

不怕不怕，谢天喜摆摆手，咱们是什么关系呀？再说了，我从心里想对你有所补偿，这也是我对当年那件事的一种歉意吧。

你别想那么多，都是过去的事了。李文娟故意说得很大度。

行，那这个事咱们就先说到这里，你想吃什么？这个酒店的菜还是不错的。

李文娟望着谢天喜，看看你，我懂什么呀？你点什么我就吃什么，再说了，这一阵子股市把我闹得什么胃口也没有了。

谢天喜望了一眼李文娟，不管有天大的事，也得吃饭呀，你如果身体饿坏了，不是要影响我们公司的工作吗？再说了，我也心疼呀。

李文娟望着谢天喜勉强地笑了一下。

谢天喜看见李文娟的微笑，心头一热，他想过来拉住李文娟的手，这时服务员从外面走进来。

谢天喜拿过菜单对着服务员，来，我现在点菜……

一路上李文娟就想着回家怎么和家里人说谢天喜送的这些礼物的事情。

让李文娟没有想到的是，家里的几个人并没有追问李文娟这些礼物是谁送给她的，王琪倒欢天喜地地拿着里边的小礼物跑进自己的屋里，只是王福生随便问了一句，这是谁送给你的呀？李文娟也随便答了一句，我的一个朋友去俄罗斯做买卖，对了，就是原来厂里的一个挺要好的姐妹送的。

一家人就这么高高兴兴地看着那些礼物。

董云的一句话，让李文娟更是欣喜若狂。

你舅舅来电话了，他已经回到咱们东江市了，这两天交接工作太忙，他明天就来咱们家。

是吗？这真是太好了。李文娟几乎要欢呼起来，福生，福生你快过来。

王福生从厨房走过来，什么事啊？看看你。

还说呢，舅舅明天要来了，你赶紧上街买点儿好吃的吧。李文娟从皮包里拿出钱递给王福生。

不用，董云在旁边插着话，你舅舅你们还不知道吗？家常便饭就行。对了，明天不用别的，我给他烙油饼吃就足够了。

那怎么行啊？不管怎么说，舅舅也挺长时间没在咱们家里吃饭了，好不容易回来一次，也不能太简单了。福生，你现在就去，买点儿鱼买点儿肉，再买一瓶好酒。王福生接过钱走出门去。

董云望着王福生的背影，你看看，你让他买啥呀？我不是说了吗？你舅舅不愿意喝酒，对鱼呀肉啊，他也不太感兴趣。

李文娟乐了，妈，这个我知道，舅舅最愿意吃你烙的油饼了，明天，我也跟你学一学，看你烙的油饼怎么这么好呀。

董云也乐了，你明天看着吧，你舅舅为什么愿意吃我烙的饼，除了他喜欢，这里面的故事还不少呢。

是吗，我怎么不知道？李文娟吃惊地问。

等明天你舅舅来，你在饭桌上问问他，保证你会大吃一惊的。

七

董风来到王福生家的时候，已经很晚了，一进门看到桌子上摆了那么多菜饭，便有些不好意思地望着董云，姐，我不是跟你说了吗？你看看，又准备这么多菜。

这不是吗，是你外甥媳妇让福生去买的，说你好长时间没来了，我说什么他们都不听。

董风把提着的礼品递给姐姐，你看看，我也没有买什么东西，这两样都是你平时愿意吃的。对了，琪琪呢，琪琪怎么还没回来？

李文娟从厨房里走出来，舅舅，早就听说你要来，我们就等呀盼呀，对了，琪琪现在不是要高考了吗？她每天回来都很晚，在学校得上晚自习，还要课外辅导什么的，咱们别等她了，菜已经做好了，福生把最后一样菜做好，咱们就吃饭吧。

一家人坐在饭桌前高高兴兴地吃着饭。

王福生陪着舅舅喝了两杯酒。

怎么样，听说你在药厂干得不错，董风关切地问。

王福生点点头，是啊，药厂领导挺重视，这两年把车间的技术工作都交给了我，我感到压力挺大。

舅舅，吃这个菜，他呀，你还不知道吗？干什么都那么认真，心思就不能活泛一点儿，你看看他，除了干那点儿技术上的事，别的什么都不懂。

董风笑着说，我看福生这样挺好的，把自己应该干的事保质保量地干好，上对得起企业，下对得起良心，不管拿多少工资，心里都踏实都坦然。

舅舅，你这话说得在理，可是，我们家的情况不是特殊吗？李文娟解释着，你说琪琪马上就要上大学了，我们家的这个经济条件，如果琪琪考上一个远一点儿的好大学，恐怕这学费都……

王福生瞪了李文娟一眼，说啥呢？咱们就那一个孩子，怎么的供她上大学也没有问题的。

董云一看王福生和董风酒喝得差不多了，便站起身来，董风，你等着，姐给你烙饼去。

董风望着姐姐，行，我今天来就奔着姐姐烙的饼来的，我可是等了挺长时间了，按说这些年在南江市也经常出去吃饭，有的时候还特意去专业饼店，可是不管怎么的，那些饼就是没有姐姐烙的好吃。

董云指点着弟弟，你呀，就想方设法地夸我，我能烙那么好的饼吗？还能和人专业饼店的比。

董云一边说着，一边向厨房走去，李文娟跟在后面，妈，我也跟你学学。

饭桌上王福生又把酒杯倒满，舅，我再敬你一杯。

董风端起酒杯，你在药厂里好好干，踏踏实实地过日子，如果有什么困难，这回我回来了，可以随时来找我。你妈那个人要强了一辈子，你别听她的，只要舅舅能帮上忙的，我会帮你的。

王福生点点头没有说话，端起酒喝了下去。

当董云把烙好的饼端上来，董风顿时喜笑颜开地说着，哈哈，就是这个样子，一看这饼就有食欲。董风说着夹起一块饼放在嘴里，对，就是这个味，这个饼我真是想呀。

李文娟望着董风，舅舅，我妈烙的饼真那么好吃呀？

董风故意摇头晃脑，我告诉你呀，你妈烙的饼呀真是妙不可言，吃了这顿想下一顿。

董云从厨房里又把饼端出来，别听你舅舅瞎说。

董风认真地说，我可不是瞎说，我告诉你们吧，这可能和小时候的生活经历有关，你知道吗？那个时候想吃一顿油饼真是不容易呀，你爸那个人真是大好人，后来我上了学之后，你爸和你妈就把平时的面攒起来，每当我放假的时候就给我烙油饼吃，那个时候我吃油饼那可真是过年一样呀。

董云也感叹着，是啊，那个时候姐姐不能给你更好吃的东西，给你烙一顿油饼那就算不错了，哪像现在呀？这回你回到市里又当了那么大的市委副书记，别说是油饼呀，什么好酒好菜那还不是经常事吗？

董风点点头，话虽然这么说，可是这油饼大概这一辈子都是我最愿意吃的东西了。

董云望了望李文娟和王福生，你们知道吗？你舅舅当年在中学处的女朋友，就和这油饼有关。

是吗，舅舅？李文娟感到很新奇，望着董风。

董风望了望王福生和李文娟，是啊，你妈说得对，今天高兴，我就跟你们俩讲一讲我在中学时候因为这油饼引起的恋爱故事。

李文娟拍着手，好，我妈就说这油饼里有故事，还真是这么回事呀，舅舅你快讲。

董风轻轻地叹了一口气，那年月呀，别说是油饼，能吃饱肚子就不错了。我在中学住宿，那个时候粮食真是紧张，家里的生活条件又不行，平时啊，我印象最深的就两个字——饥饿。你不知道吧，有的时候我就偷偷地跑到学校的食堂，把食堂仓库里的土豆揣到衣袋里两个，然后又跑回班里埋在炉子的下面，等下课的时候，也不管烧没烧熟，就那么狼吞虎咽地吃下去。饿急了的时候都把教室后面烧炉子的玉米瓤子翻腾出来，从上面找玉米粒，然后放在炉子上烤着吃。

李文娟望着董风，是吗，那个时候那么苦呀？

董风点点头，所以呀，我的那个在中学时候的初恋就是由这个饼引起的。我们班的一个女同学对我看法不错，有一天上自习的时候，她突然出去了，等一会儿回来的时候给我使了一个眼色，我就走到走廊里，我知道走廊里有什么事情，或者有什么东西，但是我不知道是什么，当我走到走廊里一看，在窗台上一个花手绢包摆在那里。我就知道是那个女同学给我准备的，我打开一看，里面是两个热乎乎的烧饼，我便狼吞虎咽地吃了下去。现在想起来，那烧饼真是香呀，那可真是我在这个世界上吃的最香的两个烧饼。说心里话，平时我和那个女同学的关系也就是比同学稍微近一点儿，说话能说得来，其他的真没什么事，可吃了这两个烧饼之后，这感情忽地一下子就上来了……

李文娟被董风说得忍不住哈哈乐了起来，王福生也乐了。

你们知道那个女同学是谁吗？董云指着董风说。

那还用说吗？李文娟抢着说，是不是我现在的舅妈呀？

董云点点头，你只说对了一半，还有另一半呢。

什么，还有另一半？妈，那你说说。李文娟急切地问。

我告诉你们俩吧，当时和你舅舅一起喜欢这个女同学的还有一个男同学，你们知道是谁吗？

董云望着王福生和李文娟。

李文娟摇摇头，这个我们怎么知道呀？这得问舅舅。

董风点点头，望了一眼王福生，福生，那个人你认识。

王福生望着董风，什么，我认识，是谁呀？

董风平静地说，就是你们药厂的葛连升。

什么，是葛厂长？王福生吃惊地望着董风。

李文娟又是一惊，舅舅，你说福生他们厂长就是你的同学，当年你们还是……还是情敌呀，哈哈，可真是太有意思了。

董风点点头，你说的这个也对，可并不是因为这一点我们俩就成为仇人，从那之后我们关系一直很好，就是你舅妈和我组成了家庭，我们还是处得非常融洽。

王福生感叹地点点头，真是难得呀。

李文娟张了张嘴，看着王福生正向她使着眼色，便闭上了嘴没有再说什么。

董风走之后，李文娟便在心里开始盘算，看来让董风出面直接跟葛连升说，恐怕难度太大，可是如果让董云找董风说情，根据多年来对婆婆的了解，这个事恐怕也不行，那王福生更指不上了，现在看来只有自己亲自出马了。

李文娟对这件事情很有信心，因为毕竟董风已经回到了东江市，而且位置又那么高，再加上一层感情，那就是李文娟原来不曾想到的，董风居然和葛连升是中学时的同学，还是最要好的朋友。那么给王福生调换一下工作岗位，又是葛连升一句话的事，这件事看来太容易了。

李文娟在心里想着，不由得在厨房里一边刷着碗，一边哼起了歌曲……

老师刚把这次模拟考试的成绩公布完，东方剑便忍不住用脚踢了踢前面王琪的凳子，王琪没有回头，但是她能知道东方剑踢她凳子是什么意思。

下课的铃声响了，东方剑赶紧跟在王琪的身后，小声地说，哥们儿，太感谢你了，我这七十五分的外语成绩，最起码有你四十分的功劳。走，听说咱们市里新开了一家必胜客餐厅，走，我请客。

王琪回过头来望了一眼东方剑，笑眯眯地看着，你呀，弄虚作假得来的奖金，还请客，你也真好意思。

东方剑很坦然地望着王琪，这有什么不好意思的？钱是老妈给我的，我又不偷又不抢的，走吧，听说必胜客餐厅的东西可好吃了。

王琪点点头，行，既然你得了这么多奖金，不吃白不吃。

这就对了嘛，这次我得七十五分，奖金就得了一千元，对了，你还想要什么，我想送给你一样礼物。

王琪摇摇头，算了吧，就这个事，吃一顿必胜客就行了。

东方剑摆摆手，那怎么行，咱们合作的日子还长着呢，等下一次，你再帮我多答一些，咱们可就更发财了。

王琪摇摇头，你可饶了我吧，这种弄虚作假的事一次还不够呀？

如果你不帮我，那你不是把我坑了吗？如果下次我考外语考砸锅了，我跟我老爹老妈怎么解释呀？如果我把咱俩作弊的事告诉他们，那我不是死定了吗？不行，你要帮人帮到底，就这么定了，等下一次，咱们还得照旧继续合作。

王琪指点着东方剑，你呀……

两个人来到必胜客餐厅的时候，人很多，他们找了一个空位坐下来。

对了，那件事你考虑得怎么样了？东方剑突然想起了什么，望着王琪问。

王琪一愣，什么事啊，你这没头没脑的？

还有什么事？出国的事呗。东方剑很认真地说，我不是跟你说了吗？我出国得你陪着我，你看看你外语这么好，这次考了一百三十多分，是不是咱们班第一呀？

王琪点点头，那有什么用？咱们学的是哑巴英语，说不定出了国，听外教老师讲课都听不懂呢。

哎呀，像你这样的还听不懂讲课，我如果出国的话，那不就是鸭子听雷吗？东方剑很失望地说，不行，不管怎么说，你得陪我出去，要不……

王琪还是摇摇头，我不是跟你说了吗？我们家根本拿不出那么多学费，出国这个念头，我压根就一点儿没有。

我不也跟你说了吗？东方剑很坚定地说，我今天回去就跟我爸我妈说，让你陪我出国，学费由他们出，他们如果不答应，我也不出去了。

王琪摇摇头，你怎么像个小孩子呀？这么大的事，你以为那钱少呀，出国一年就要几十万，你一个人读下来，说不定……

这个你不用管，我就说你是我的女朋友，他们给未来的儿媳妇花点儿钱上学，还不是应该的吗？我爸的那个公司那么大，一年挣钱那么多，他们……

打住，你赶快给我打住。王琪打着手势，你瞎说什么呀？谁是你的女朋友啊？还儿媳妇呢，亏你想得出来。

琪琪，东方剑很真诚地望着王琪，我跟你说的是实话，不仅是外语的事，你知道吗？在咱们班的女同学里，真正让我动心的只有你一个。

王琪伸出手来打了东方剑的手一下，净瞎说，咱们现在还是学生，谁跟你谈这个事。

琪琪，咱们不小了，这个事也该考虑了。东方剑一本正经地说着，如果晚了，好人都让别人找了，剩下的你要呀？就像我这样的帅哥，说不定哪天就被别人相中了，你不后悔吗？

王琪嘴一撇，瞧瞧你，还自我感觉良好呢，你有那么大的魅力吗？

东方剑一边吃着东西一边炫耀地说着，到时候你就知道了，你瞧着吧。

李文娟出现在葛连升的办公室里，让葛连升有些吃惊。

你还不知道吧，葛厂长，董风是我舅舅。李文娟说得很平静。

什么？这句话在葛连升听来，简直就像一磅炸弹一样，吃惊地盯着李文娟。

李文娟点点头，是啊，我没跟你说谎，这不是吗，他是王福生的亲舅舅，那不就是我的舅舅吗？我都听我舅舅说了，你们中学时就是最好的同学。

葛连升点点头，是啊，真没想到董风这小子这些年出息得真快，你看看这转一圈回来，就是我的领导了，当上了市委副书记，说不定哪一天，就是咱们市里的书记了。

李文娟笑了一下，这个事我也是刚知道，这不是吗，这也是我舅舅的意思，今天找你来帮个忙。

看你说的，凭着这种关系，还提什么帮忙呀，只要是我能做到的，你尽管说。

葛连升的大度和爽快，是李文娟意料之中的，这年月就是这样，只要是有了关系，那感情自然也是有了，就这么一点儿小事，那就像葛连升说的，也就是一句话的事。

那我就不客气了。李文娟故意顿了顿，我想给我家福生换一个工作岗位。

什么，换岗位？葛连升有些吃惊，他现在在车间管技术，不是干得好好的吗？再说了，厂领导对他的工作也很满意，这次报高级职称又给他做了不少的工作，听说差不多了。

李文娟叹了一口气，是啊，福生回去也说了，可是我们家的情况你可能不了解，孩子马上就要上大学了，你说现在的学费多高呀，就凭他的那点儿工资，怎么行呀？你说我们纺织厂都黄了好几年了，我在家里待着也干不了什么事，婆婆又有病，这不是吗，听说你们药厂搞销售的收入多一些，所以……

葛连升想了一下，这个倒不是大事，可是挺难的。

李文娟往葛连升面前走了两步又坐下，厂长，你是一厂之长，就这么一个事，对你来说有什么难的呀，还不是你一句话的事吗？

葛连升摇摇头，话不能这么说，我们和那些搞销售的都是签了协议的，现在人家把销售的网络都建立起来了，厂里如果中途做出调整，这个事确实不太好办。

所以呀，我才来找您哪。李文娟说得很认真，反正这个事就拜托厂长你了，既然你也知道我们和我舅舅都想把这件事办成，那么你就看着办吧。

葛连升想了想，好吧，我肯定尽力，你回去等消息。

李文娟站起身来，走到门口又回过头来叮嘱着，厂长，我可等着你呀，越快越好。

李文娟再次来到股票大厅的时候，心情自然和往日不一样了。

胖姐和瘦张赶紧走过来。

文娟，这些日子你跑哪儿去了，给你打了好几次电话，你不是这个事就是那个事，我俩挺想你的呢。胖姐直言快语地说着。

瘦张也在旁边点着头，是啊，你说这大厅里冷清的，本来熟人就少，你这几天又没来。

李文娟望了望两个人，今天我来也是想和你们告别的。

什么，告别？你要到哪儿去呀？胖姐急切地问。

李文娟很自豪地说，这不是吗，我们家福生在药厂上班，马上就要调换工作岗位了，这一次可能要出去跑销售，所以呀……

是吗？胖姐很吃惊地盯着李文娟，在药厂跑销售，那跑好了可是挣大钱呀。

李文娟点点头，说得是啊，我倒不想挣什么大钱，挣点儿小钱总是可以的，我都想了，我们家福生干这方面的事不行，我得出去帮帮他。

行，我看你干这个行，胖姐望着李文娟，可是……可是以后你不来，我们不就更孤单了吗？

瘦张也应和着，是啊，你说说你，你来了咱们也能互相说说话什么的，可真是……

李文娟感叹了一声，那咱们总不能一棵树吊死人吧，好在现在又有了别的路，这样，这里的事就拜托你们两位了，我买的那两只股票你们俩也知道，等有了行情有了信息你们就随时打电话告诉我。

胖姐点点头，这个你放心，到时候我和老张保证以最快的速度通知你。

王福生走到葛连升办公室的时候，他已经有了思想准备。

当葛连升说让王福生出去跑两个省的销售的时候，王福生心里虽然有所顾虑，可他不能推辞，因为李文娟事先在家里早就给他打好了预防针，说，葛连升如果告诉你，你千万不要摇头，因为这个事葛连升恐怕也是费了挺大的劲才办成的，这个机会如果你随便地给我错过去，我可和你没完。

葛连升不无惋惜地说，福生呀，你爱人来找过我，把你们家的情况都介绍了。别的忙我帮不上，不管从哪方面讲，这个忙我还是要帮的。你舅舅那方面我就不用说了，就是咱们厂这里，你出去了，我真还是挺犯愁的呢，咱们厂要找个像你这样的，真还不容易呢。

王福生望着葛连升，不是吧，像我这样的，咱们厂不是有的是吗？厂长，既然你已经这么说了，那就谢谢你了，我和文娟出去试一试，如果不行的话……

葛连升望着王福生，我看你爱人干这个不错，能说会道的，你回家商量商量，开始阶段让她也出去帮帮你，等蹚开了路子就好了。

王福生点点头，行，我们俩在家的时候也是这么商量的。

当王福生走出葛连升办公室的时候，心里还是有些不踏实，虽然李文娟对这件事显得很自信，可王福生毕竟是一直在厂里管技术的，他不知道外面的世界究竟是什么样的，这次闯出去了，能不能成，他心里实在是一点儿底都没有。

王福生回到家里，按照李文娟事先告诉他的，就说是厂里工作的安排，李文娟也在旁边说没有打着舅舅董风的旗号。

虽然听见李文娟和王福生这样说，董云还是有些不放心。

真像你们说的那样吗，没有对那个葛连升说是你舅舅的意思吧？

妈，看你说的。李文娟抢着话说，你不是告诉我们吗？不要给舅舅添麻烦，我们帮不上舅舅什么忙，也不能在这方面造成什么不好的影响呀。你放心，我就找那个葛厂长说咱们家的经济情况，他挺同情咱们的，至于他怎么想的，那就是他的事了。

这我就放心了。董云点点头，对了，你们俩出去，家里的事就放心吧。

妈，家里的事你就多受累了，还有啊，琪琪你可得给我看住了，现在虽然她挺用功的，可是这个年岁的女孩子，别的不怕，就怕分心呀。

董云点点头，是啊，好在咱们琪琪是个懂事的孩子，我平时再看紧点儿，不会出任何问题的。

八

李文娟和王福生登上火车的那一刻，王福生还是心有疑虑。

两个人坐在火车上还在谈论着这条路走得对不对。

你放心吧。李文娟很自信地说，你瞧着，咱们这一趟回来，我就让你心里有底，咱们这样干他两年之后，别说是琪琪的学费，我告诉你吧，我还想换一套大房子呢。

王福生望了望李文娟，你这野心真不小呀。

李文娟斜眼望了一眼王福生，人没有野心，怎么能往前奔呢？像你这样的，总那么容易满足，什么时候能过上好日子？

李文娟和王福生这一路跑下来，转眼十几天就过去了。

他们俩坐在火车上，都感觉到很累了，李文娟把头靠在了王福生的肩膀上睡着了，王福生一动都不敢动。

王福生真是从心里庆幸这次李文娟能和他一起出来跑销售，正是因为李文娟的努力，才把他们从张文财手里分到的辽宁和内蒙古的销售网络又重新建立起来。原来的那些老客户虽然有一些人对他们两个不熟悉，甚至还有一些抵触情绪，可是凭着李文娟能说会道的两片嘴，居然把那些老客户中的多数人都说动了。李文娟其实说得既实在又生动，把那些人说得不仅动心动情，而且主动帮他们俩出主意想办法，这样在原来的基础上，销售量又增加了一些。

王福生没有想到李文娟在这方面有独特才能，而且这一路上还非常能吃苦，他们两个可说是风餐露宿地跑下来，很多时候住的是最便宜的小旅馆，要么就在火车上过夜，李文娟说这样既赶了路又能省钱，而他们吃的又多数是方便面和面包，拿着一瓶矿泉水就上车了。这十几天跑下来，王福生的心里渐渐有底了，他觉得多亏了妻子李文娟的努力，才使自己对原来很陌生很打怵的这个推销员的岗位产生了一些自信。

火车又到了一个小站，由于停车的惯性，李文娟惊醒了。

到哪儿了，是不是快到家了？李文娟睡眼蒙眬地问。

还早着呢，你再睡一会儿吧，我说给你买一张卧铺票，可是你……

现在是什么时候？等将来挣钱多了，再享受也来得及，现在咱们不是创业吗？李文娟满不在乎地说着，拿起矿泉水咕咚咕咚地喝了几口，又把头靠在了王福生的肩膀上。

你说你这几年也没有吃这样的苦，我真怕你吃不消呀。王福生心疼地说。

这算什么呀，当年我当纺织女工的时候，一天都走好几十公里，那车间里的噪声，你想想，这算什么呢？李文娟很坦然地说着，这根本不算遭罪，和那个时候比，咱们不算个啥，再说了，咱们不是想挣钱吗？挣钱怕遭罪，那就在家里躺着舒服。

王福生笑了笑，你既然这么说了，我还怕什么？人家不是心疼你吗？

李文娟把头又往王福生的肩膀上靠了靠，没有想到你心还挺细的呢，你看看，咱们这一圈跑下来，不是挺好的吗？我算了一下，这次咱们推出的药品，如果下次回来能够回款百分之八十的话，咱们的提成可就可观了，你知道吗，比你的工资多多了。

王福生点了点头，可是你知道吗？我这些日子就担心呢。

看看你，又担心什么呀？李文娟把身子坐直了，眼睛望着王福生。

王福生小声地说，我怕这件事葛连升什么时候跟舅舅说了，那你说舅舅，还有咱妈，可能他们会不高兴的。

李文娟笑了笑，你说的是这个呀，其实办这件事的时候我就想到了，这种事情是纸包不住火的，早晚有一天得露馅。

王福生不解地望着妻子，怎么，你原来就知道，可是你……

李文娟撇了撇嘴，这又不是什么大错，你瞧瞧你，为了挣钱还想那么多干啥呀？将来他们知道了，那已经是生米煮成了熟饭，还能改过去不成？再说了，为了咱们琪琪上大学，不管怎么说，他们也就是责备几句罢了，又能怎么的？

王福生点点头，又叹了一口气，可是……王福生还想说下去，可是想了想，闭上了嘴。

李文娟笑了笑，你就听我的吧，没错。

第二次模拟考试之后，东方剑的外语居然得了八十分。

拿到卷子之后，东方剑用脚踢了踢前面王琪的椅子，王琪头也没回。

东方剑小声地对着前面的王琪说，等下课我跟你细说。

中午放学的时候，东方剑从后面走过来，拉了拉王琪的衣袖，走，到外面我跟你好好说。

王琪当然知道东方剑说的是什么事情，这次模拟考试她依照上一次的样子，又发了一些信号给东方剑，这次东方剑果然答得不错，得到了八十分，这可以说在东方剑考外语的历史上是破天荒的。

东方剑美滋滋地想，拿着八十分的成绩单回到家里，我妈不知道高兴成什么样呢，再说了，这次要得到多少钱呀，正好是一千五百元。

东方剑小声地对王琪说，走，今天我请客，我还要送给你一样东西。

王琪望了望东方剑，摇了摇头，请客倒是可以的，不过送东西我可不要。

东方剑很吃惊地望着王琪，怎么了？送一样东西表达我的心意，你瞧瞧你。

我爸我妈还有我奶奶在这方面对我要求得可严了，不让我随便收别人的东西。

东方剑乐了，原来是为了这个呀，瞧瞧你，你方才说的是你的家长不许你随便收别人的礼物，我给你的东西怎么叫随便呢？

怎么不随便？王琪瞪着东方剑。

东方剑扳着手指头，第一，你帮助了我，第二我的外语跟你学，你就是我的老师，第三嘛……东方剑望着王琪，你还是我的女朋友呢。

王琪伸出拳头打了一下东方剑，臭不要脸，谁是你的女朋友呀？

东方剑两手举起来，不是就算了吧，就前两条就足够了，你说呢，王老师？

王琪被东方剑逗得乐了起来，你呀，我真是拿你没办法。

这次两个人去的是必胜客餐厅，两个人大吃着。

东方剑从书包里拿出一个 MP3 递给王琪，就是这个，送给你了。

王琪连连摆手，这个可不行，我不是跟你说了吗？再说了，这么贵重的东西我说什么也不能要。

在你的帮助下，我得了我老妈一千多元钱奖金，给你买的这个，我早就想买了，这次正好钱够了，你……

东方剑认真地说着，把那个 MP3 放到了王琪的手里。

王琪望着东方剑，我说不行就不行，真的，这东西太贵了。

那就算借你的总行了吧。东方剑一看没有办法，就找了一个缓兵之计。

那……那你有吗？我借了，你听什么呀？王琪问。

东方剑又拿出一个和那个一模一样的 MP3 在王琪眼前晃

了晃，你看看，我当时就买了两个，我就怕你不要，这回放心了吧。

王琪乐了，你呀，鬼心眼就是多，那好吧，就算借你的，听几天之后我就还你。

东方剑挤眉弄眼地说，行，你说怎么办就怎么办。

两个人高高兴兴地吃着。

琪琪，你说咱俩合作这么好，如果咱们俩一起出国，那该有多好呀！东方剑又想起了出国留学的话题。

王琪摇了摇头，不行，真的不行，你说说咱俩这种关系，你家拿学费让我出国留学，你们家不会同意，我们家也不会同意，这个事我看你就别想了，再说了，我看国内上学挺好的。

东方剑做出有些伤心的样子，真让我伤心哪，我真是可怜呀，漂洋过海的那么远，让人家陪，人家却没有同情心，我真是命苦呀。

王琪望着东方剑的一脸怪相，乐了，可是嘴里正吃着东西，又没办法大笑，就指着东方剑，你让不让人家吃了？

东方剑双手作揖，好，我让你吃，可是我方才说的这个你也要答应我，回去好好想一想。

王琪想了想，就是我同意了，我们家也不会同意的。

只要你本人同意了，这就是解决了百分之八十。东方剑蛮有把握地说，剩下那百分之二十我来想办法，怎么样？

王琪还是摇着头，我看你就不用费心了，真的，这个事肯定成不了。

东方剑很固执地说，这个你就不用操心了，我让我爸我妈想办法，到时候你就瞧着吧。

这些日子张文财正在家里闹心呢。

原来他跑的是四个省的销售，活活被王福生给分掉了两个省，这就等于从他的那碗肉里头分走了一半，这真是比割了心头肉还要难受。他在家里这些天不断地发着无明火，搞得他妻子和女儿看着他都闹心。

你看看你，那个事已经那样了，你在家着急上火有什么用呀？张文财的妻子把饭盛到碗里，往张文财面前推了推，瞪着张文财劝解着。

我怎么能不难受呢？我明明花了那么多的力气把网络建立起来了，可他们倒好，这不是欺负人吗？张文财望着那碗饭，皱着眉头。

那怎么办？张文财妻子无奈地说，你不是都打听了吗？那个葛厂长说人家那个姓王的舅舅是咱们市里的大领导，就这么点儿事，你还能怎么样呀？再说了，不是有那么句话吗？民不和官斗，别说是你呀，就是你们那葛厂长，又敢得罪人家吗？

你说得倒是，张文财拿起饭碗吃着，可是我这口气咽不下去呀，我得琢磨琢磨想一个什么办法治治他。

我看你就省省心吧，张文财妻子一边吃着饭一边劝解着，再说了，你不还剩下两个省吗？这两个省也够了，只要干好了，咱们也算吃喝不愁，要那么多钱干啥？

张文财瞪了妻子一眼，你瞧瞧你，真是没出息，这年头钱还怕多吗？你看看咱们住的这个房子，才几十平方呀？我就想，凭着现在这个势头干下去，三年之后咱们就可以买房子了，可是你说这个王福生，不行，我得想办法。

你能想出什么办法呀？你看看你这样吧。张文财妻子望着丈夫。

对了，沈阳的表哥会帮咱们呀。张文财突然想了起来。

张文财妻子望着他，什么？你说是那个徐总经理呀，什么表哥呀？连八十竿子都打不着的表哥，人家能帮你吗？

这个你不懂，你知道我和他是什么关系吗？这年头，就是亲表哥没有利益关系那也是白扯，我和他呀，在这些客户当中，那可是最靠的。

我看你就别动那歪心眼了，弄不好，你得罪了王福生不说，这个事再捅到上面他那个舅舅那里，你可就麻烦了。

你别管，真是头发长见识短，我要想一个万全之策。张文财情绪来了，大口地吃着饭，还一边摇头晃脑地说着。

董风来到王福生家时，董云正在收拾屋子。

你今天怎么这么闲呀，还有时间到我这里来？董云停下手里的活，望着弟弟。

董风冷着脸坐在沙发上望了望姐姐，他们俩呢，是不是还没有回来呀？

董风说的他们俩，董云当然明白指的是王福生和李文娟，便摇了摇头，昨天来电话了，说还得过两天，现在正在辽宁跑呢。

董云一看弟弟的脸色，估计有什么事了，便焦急地问，是不是有什么事啊？

你说说这个李文娟，她怎么能……董风不知道怎么说，望了望董云，她找那个葛连升给福生换的岗位，是打着我的旗号，昨天我和葛连升见面的时候，葛连升跟我说的。

什么？那文娟怎么能……

董云望着弟弟，她回来的时候我还特意问了，她说这个事根本没有提你的名字，更没有打着你的旗号，你说说这个事。

董风叹了一口气，算了吧，反正这个事也不算什么大事，再说了，文娟也是着急，想抓紧挣点儿钱给琪琪上学用，这个事你知道就行了，反正已经是这样了，你就是埋怨他们，也改不过来了，我还以为你知道呢。

你瞧瞧你，这个事如果我知道，我能不跟你说吗？董云起身给弟弟倒了一杯茶。

我给你买了一点儿东西，什么时候我再来看你。董风说着站起身来。

你看看你，买什么东西呀？我又不缺什么。对了，你什么时候搬家呀？董云关切地问。

董风摇摇头，现在还没有合适的房子，过一段时间再说吧，反正这里和南江市离得又挺近，有的时候星期天我就可以回去一趟。

还是把家搬过来方便，要不你就是饥一顿饱一顿的，我还不知道你，就是不会照顾自己。董云望着弟弟，对了，你什么时候想吃饼了，就来。

董风走到门口回过头来点点头，行，哪天我想吃你烙的油饼我会来的。

董风走后，董云陷入了沉思。

她在心里想，你说这个李文娟，也真是的，千叮咛万嘱咐让他们不要给董风添麻烦，这回可好，人家才回来几天呀，就整出了这种事情。不行，回来我得好好说说他们俩，要不然的话，以后说不定会出什么事情呢。

董云一边想着，一边走到窗口向外望去。

树上已经全都绿了，董云在心里感叹着，这时间过得真快呀，再过一两个月琪琪就要高考了。

她无意之间向下面望去，突然看见了自己的孙女王琪正和一个男孩子在一起。

那个男孩子和王琪告别之后转身走了。

王琪进屋后，董云问王琪，琪琪，你方才在楼下是不是和你的……那个是不是你的同学呀？

是啊，我们一个班的，他正好路过，他外语不好，让我帮他学习呢。王琪解释着。

董云不放心地望着孙女，就这么简单吗？我看你们俩……

王琪走过来，奶奶，你看你，想哪儿去了？真的，我们就是一般的同学，你放心吧。

琪琪，奶奶跟你说呀，现在正是你最关键的时候，再有两个月就考学了，你可不能分心呀。董云望着王琪。

奶奶你放心吧，这个我知道。王琪点点头，从耳朵上拿下那个 MP3 的耳机。

董云望着琪琪手中的东西，这是什么呀？

奶奶，这叫 MP3，是一个同学借给我的，听歌的。

就这么小的东西还能听歌，现在这科技发展得真快呀！

王琪笑了笑，走进自己的屋里。

当王福生和李文娟风尘仆仆回到家，没有想到董云第一件事情就是责备他们两个。

我不是跟你们说过吗？不要给你舅舅添麻烦，可是这么大的事你们却……

李文娟把给婆婆买的东西拿过来，妈，我当时也真是没有办法，再说了，这个事又不是我舅舅亲自和那葛厂长说的，这个事我过两天去找葛连升解释解释，就说我舅舅不知道。再说了，这又不是什么大不了的事，妈，你就别上火了。

董云无奈地叹了一口气，现在上火又有什么用？木已成舟了，我可跟你们俩说，既然这个事情已经干了，你们就脚踏实地地干好，家里的事情你们不用操心。

李文娟点点头，行，我和福生这一圈跑下来效果不错，我们都算了，这么干下来的话，两个月之后，琪琪上大学的时候，第一年的学费就差不多了。

董云很吃惊地望着李文娟，真的吗？真够快的，怪不得你想办法非让福生去推销呢，原来收入这么高呀。

李文娟乐了，是呀，这个我早就听说了，可是原来也是没有办法，大伙都觉得这是一块肥肉，所以……

董云突然想起了什么，小声地对李文娟和王福生说，昨天琪琪回来，说是借了同学的一个什么叫 MP3 的东西，听歌的，也不知道是男同学的还是女同学的，你这当妈的，背后的时候问问她，这个时候可不能分心呀。

行，我问问她。李文娟点点头。

张文财乐颠颠地回到家里。

看把你高兴的，是不是在路上捡到了金元宝呀？

我告诉你吧，这个比金元宝还值钱呢。张文财望着妻子。

瞧你那德行吧，就你那样的，还能捡到什么好事？张文财妻子瞪了丈夫一眼。

张文财撇了撇嘴，我跟你说什么你都不懂，这个事啊，可帮了我大忙了。对了，你给我收拾一下，我得赶到沈阳去一趟。

怎么了，你真要……张文财妻子望着丈夫，你真要给那个姓王的使坏呀？我可跟你说，你那个什么姓徐的表哥也不是什么好东西，到时候你们俩可要小心一点儿，他如果给你整露了馅，你得罪的可不是一个人了，到时候你得吃不了兜着走。

张文财很自信地说，这个你放心吧，没有百分之百的把握我能瞎整吗？你少废话，快去给我收拾吧，我要赶上今天中午这趟火车呢。

张文财妻子望了望张文财很无奈地叹了一口气，行，你想怎么的就怎么的吧，我也管不了你。

张文财坐在沙发上，美滋滋地想着心事。

张文财从一个朋友那里得知了李文娟的实际情况，那个朋友告诉张文财，李文娟家里正缺钱，准备给孩子挣学费，才把他的销售网络给抢了去。而李文娟把原来给孩子上学的钱投到股市上了，现在已经被套得没剩多少了，正在着急呢。张文财知道了这个消息之后，心里那个高兴，他知道，只要在这方面和那个姓徐的想一个办法，那李文娟肯定会上当的。

谢天喜又给李文娟打来电话。

李文娟正累得不行，这一路跑下来，有好几天就是坐在火车上赶路，当李文娟接到谢天喜的电话，李文娟一看电话号码，就知道是谢天喜打来的，她本不想接，可是想了想还是把电话接了起来。

谢天喜在电话里还是催问着李文娟什么时候能到他的公司去上班，而李文娟现在已经有来钱的路子了，就不考虑谢天喜的那条路了，便在电话里回绝了。我还是觉得我到你那公司里干不了你公司里的事情，我看你还是找别人吧。

谢天喜当然非常失望，在电话里还是劝解着，你是不是嫌我给你的工资低呀，两千不行，我都想了就给你加到三千，你看这回怎么样？我可跟你说，这个工资待遇在咱们东江市你就去找吧，恐怕找不到第二份了。

李文娟对着电话说，是啊，你给得是挺高的，可是我还是不想做，真的，你就别费心了。

谢天喜非常失望地挂断电话，他在心里想着，可又怎么也想不明白，凭着李文娟家庭的经济条件，居然拒绝了月薪三千元的工作，这无论如何是他想不通的一件事情。

李文娟却知道为什么会拒绝谢天喜，因为她这一圈跑下来，在心里早就算好了账，别说是一个月三千，如果弄好的话，她和王福生一个月的收入将达到上万元，这样还会去想他谢天喜那几千元吗？

九

徐景龙接到了张文财的电话，张文财在电话里并没有说明要到沈阳来做什么，只是说晚上之前就会到。

徐景龙在心里琢磨着，肯定是张文财这小子不甘心把自己的销售网络让给了别人，是来找他想办法的。

徐景龙和张文财合作了这几年，总的来说还是不错的，张文财给徐景龙的条件也非常优厚，又拐弯抹角地和他攀上了什么表亲。当然徐景龙并不在乎这种东西，因为在现在这个社会中，别说是拐弯的表亲，就是实在的表亲如果没有利益的关系，那也根本是处不来的。在徐景龙的印象中，张文财是那种非常精明的人，但是又有些狡诈，所以徐景龙在和张文财合作时，始终留了一手，他不能把所有的东西都告诉那个张文财。

徐景龙觉得张文财是那种典型的尖嘴猴腮型的人，用平常老百姓说的话，这种人最容易当汉奸，现在不是战争年代，又没有外敌侵略，可是他也觉得如果真是那个年代的话，张文财肯定是那种角色。

徐景龙悠闲地坐在老板椅上摇晃着，他回想起自己这些年创业的经历，在心里不得不佩服自己。要说文化，也就是初中还没有毕业，可这些年摸爬滚打下来，由一个原来收废品的，现在成了一个医药集团的大老板，总资产达到上千万，他自己都觉得跟做梦似的。可是有一点他自己想明白了，那就是要抓住一切机会，没有机会的时候要创造机会。

现在他徐景龙可以说是要风得风，要雨得雨，不说别的吧，现在钱多了，原来和他一点儿关系都没有的人，现在都想方设法接近他，和他套近乎。有一个原来和他住得很近的女邻居，长得挺漂亮，他试探过多少回，那个女的都高傲地把他拒绝了，可是他徐景龙发达之后，那个女的却主动送上门来。通过这件事情，徐景龙想明白了，那句话真是放之四海而皆准的真理呀，有钱能使鬼推磨。

这个张文财来找他干什么，具体情况徐景龙不得而知，可是大致的方向徐景龙是明白的，肯定是琢磨怎么想办法把被那个姓王的抢去的销路给再抢回去，可这种事情能那么轻易地办到吗？

反正张文财是来求他的，只要是有他的好处在，他就来一个顺水推舟，要不然的话，哼……

徐景龙在那里摇头晃脑地想着，电话又响了。

电话里传来张文财的声音，表哥呀，我已经到了，你在办公室里等我，我马上就到你们的办公室。

徐景龙放下电话，又喊了一声秘书，已经下班了，我还要处理一下事务，你告诉大家都先走吧，对了，你告诉下面的门卫，一会儿来一个姓张的，他以前也来过，让他直接到办公室来找我。

当张文财出现在徐景龙办公室的时候，徐景龙便装出很热情的样子，来，来，表弟，我在这儿正等着你呢，要不然的话，我早就回家吃你表嫂给我做的饺子了。

哈哈，表哥你真有福，不像我们家的那个，别说是饺子，大米饭给我做好就不错了。张文财没话找话地说。

徐景龙摆摆手，来，坐下，到底什么事，你这么急三火四地跑来？

张文财坐在沙发上，喝了一口茶水，望着徐景龙，表哥，是这么回事，我都打听明白了……

那个小招待所很破烂，脏兮兮的。

李文娟和王福生走进来，皱着眉头，后面跟着招待所的服务员。

你们这里怎么这么脏啊，这是人住的地方吗？李文娟回头望着服务员。

怎么，你不是图省钱吗？你有钱住五星级宾馆去呀，那里干净。那个胖胖的女服务员瞪了李文娟一眼。

王福生拉了一下李文娟的胳膊小声地说了一句，忍一忍吧，等咱们挣了钱，再也不住这种地方了。

李文娟叹了一口气，走进房间。说是房间，其实就是一个半地下室，有两张床大的那么一个地方，墙上也是很脏的，地下扔着纸和烟头。

李文娟回头一看，那个服务员根本没有进屋就已经回去了。

李文娟拿起笤帚扫了扫地，王福生坐在那里望着李文娟，我看你就别扫了，咱们也就是住一宿，等明天咱们宁可去坐火车，也不能在这种地方住了。

对了，明天我还得去见那个徐老板呢。李文娟望着王福生。

要不咱俩去吧，王福生望了望窗外，我看那个姓徐的有点儿……

可是他说了，让我一个人去，李文娟很自信地说，没事，咱们又不是和他做别的生意，咱们是推销药的，他是帮咱们卖药的，这是双方获利的事情，又不是谁求谁。

王福生担心地望着李文娟，反正我和那姓徐的一见面，就觉得那个人让人不放心，你看他那双眼睛吧。

李文娟笑了，你这人，心还挺细呢，你怎么不看看人家的办公室，你看看人家干的，我都打听明白了，他现在有两家医院，光沈阳市的连锁药店就有十来家，那钱可是挣海了，这个大客户咱们说什么也不能丢。

反正你去和他见面的时候可千万小心一点儿，可不能……

你就把心放在肚子里吧，我李文娟也是走南闯北的人，什么没见过？你在这里等我的好消息吧。李文娟依然充满着自信。

放学的路上，东方剑和王琪肩并肩地走着。

那件事你考虑得怎么样了，和没和你家里的人说呀？东方剑问王琪。

王琪侧头望了望东方剑，你这没头没脑的，啥事呀？

你看看你，还没等怎么着呢，就贵人多忘事了。东方剑指着王琪，我前些日子不是跟你说了吗？就是咱俩一起出国留学的事呗。

王琪也乐了，怎么，你说的是真的呀？我那天以为你是说梦话呢，那么大个事，你能说了算吗？出国留学，那么多钱，你说你爸给出，那怎么可能呢？

我说行就行。东方剑很坚定地说下去，我告诉你吧，就咱们俩出国留学的那点儿学费，我爸多卖两套房子什么都有了。我已经跟我妈下了毛毛雨，我早就抓住我妈的弱点了，如果我真是两顿不吃饭，她就得急得什么似的，这是我妈的死穴，而我爸在关键问题上，又得听我妈的。

王琪望着东方剑，你说说你，整天不把心思花在学习上，居然还琢磨起大人的事，你可真有意思，那我倒想听听，你爸那个大老板为什么要听你妈的呀？

东方剑望着王琪，这还不简单吗？我爸不是怕我妈，我爸那是怕我姥爷，你知道我姥爷是谁吗？原来是咱们市的副市长，现在在人大当副主任，所以呀就是给我爸十个胆，他也不敢得罪我妈，因为我妈回去跟我姥爷一告状，我爸那小命就算完了。

王琪听着东方剑说的这些，笑得更欢了，你可太逗了，真有意思。

我跟你说正经事呢，你到底同不同意呀？东方剑追问着。

这么大个事我得好好想一想，再说了，我们家人也不会同意呀。王琪说得有些犹豫。

你就先说你同不同意，然后再说你们家，如果你同意了，那咱们就想办法做你们家的工作，反正我爸有的是钱，实在不行的话……

王琪瞪着东方剑，怎么，实在不行你想让你爸出钱来收买我们家人呀？做你的大头梦去吧。

我不是这个意思，我是说……我是说，东方剑有些着急，不知道从何说起，我的意思是我真想让你陪我出国，你说说我现在这个外语，别说是出去听课，恐怕看商店的那个标牌我都看不明白。你外语这么好，咱俩一起学习，不管怎么的，你不也是能当我半个翻译吗？那笔学费钱正好就等于我爸给你拿的翻译费了。

你说得倒轻巧，王琪还是摇着头，这个事这么大，你得让我好好想一想，再说了，等我爸我妈回来，我还得试探试探他们是怎么想的。

那你可得要快呀，眼瞅着咱们就要高考了。东方剑和王琪临分手的时候，特意叮嘱了一句。

已经走到了王琪家楼下，东方剑望着王琪，我已经给你送到家了，那件事你回去好好想一想。对了，还有一件事，你过来，我得小声告诉你。

王琪走到东方剑面前，把耳朵侧到了东方剑的嘴边。

东方剑趁机亲了王琪一口。

王琪这才知道东方剑使的是这种坏心眼，举起拳头就打了东方剑一下，你真坏。

东方剑满足地跑掉了。

东方剑回到家里，在饭桌上正式向父母提出，这次如果高考结束之后要送他出国留学的话，他要和王琪一起出去。

什么，王琪？哪个王琪呀？我怎么从来没有听你说过呀？郝卫琴吃惊地望着儿子。

东方剑一边吃着菜一边说，妈，你也是，前两天我不是跟你说了吗？就是我们班的那个王琪呗，她外语可好了，到时候还可以给我当当翻译。

那王琪是男同学还是女同学呀？

妈你怎么净问废话呀，我又不是搞同性恋，我怎么能找男同学呢？王琪是女同学，长得还挺漂亮。

东方志远终于说话了，你看看你，心思都用到什么上了，还没等咋样呢，高考还没等进行呢，就琢磨要和漂亮女生出国，你们俩什么关系呀？

东方剑满不在乎地望着东方志远，那还不简单吗？就是男女朋友的关系呗，等我们俩一起出国的时候，就确立未婚妻的关系，这总行了吧。

东方志远望了一眼妻子，你看看他，平时我这么忙也没有时间管他，你说你这当妈的，你这儿子都这样了，你怎么平时也不说说他呀？

郝卫琴瞪了东方志远一眼，你还说我呢，不是有那么一句话吗，养不教父之过，你这当爹的是怎么当的？还说我呢，再说了，他这一点随根，还不是像你？

东方志远被妻子的一顿话给噎住了，便不再吱声了。

东方剑憋住笑，依然满脸认真地说下去，这个事反正我就是这么决定了，如果你们不同意，那我也就不出去了。

你看看你这个孩子，我们也没说不同意，可是……那么一大笔学费，她们家的经济条件……

东方剑有些不耐烦地望着母亲，我前两天不是跟你说了吗？她家经济条件肯定不行，如果出去的话，这笔学费就让我爸拿，一年也就那么几个钱呗，有啥呀？

东方志远抬起头来，你看看他，这口气多大呀，一年几十万，还那么俩钱，不算啥，你是开银行的呀？

东方剑依然满不在乎的样子，不就是多卖两套房子吗？有啥呀，反正我跟你们说了，如果你们不拿学费，我也不出去了。

东方剑把饭碗一推，回到了自己的房间。

东方志远和郝卫琴都愣在了那里半晌说不出话来。

郝卫琴望着丈夫，你看怎么办吧，你说你这个儿子，现在咱们是管不了他了。

东方志远想了想，如果那个女孩子行的话，我看一起出去也行，不就是几年的学费吗？咱们还拿得起。

现在孩子还这么小，还不定性，以后说不定什么样子呢。郝卫琴有些担心地说，如果将来有变化呢，那咱们的钱不是白拿了？

东方志远想了想，要我看呀，这个事还不在这里，你想呀，人家女孩家能同意吗？那么一个大闺女和你的儿子一起出国，咱们就是拿点儿学费，人家能不能同意还两说着呢。

那你说怎么办？你说你这个臭儿子把话都说绝了，不让那个姓王的小姑娘陪着去他也不出去了。

东方志远胸有成竹地说，要不这么办，找个机会你接触一下那个姓王的家长，看看他们怎么想的，如果行的话，咱们再商量下一步的事情。

郝卫琴有些无奈地点点头，那也只有这样了。

十

李文娟一个人去见徐景龙的时候，她特意去得很早。

徐景龙一走进办公大楼，就看见大厅里坐着的李文娟，他便赶紧迎了过去，哎呀，这不是文娟吗？

李文娟赶紧站起来，哎呀，徐总，你看看咱们刚见一面，你就把我名字记住了，你的记性真好。

徐景龙乐了，你看，这才几天呀，怎么能忘呢？走，是不是等半天了？快到我办公室吧。

徐景龙和李文娟两个人走向三楼的办公室。

这间办公室上一次李文娟来的时候是和王福生一起进来的，虽然已经来过一次，但是再次走进这间办公室的时候，李文娟的眼睛还是有些不够用。她总觉得这间办公室的摆设真是太豪华了，每一样东西都很精致，她无法估算出每一样东西能值多少钱，但是一眼就可以看出那些东西非常有档次非常有品位。

徐景龙给李文娟冲了一杯咖啡端过来，你快坐呀。

李文娟望着徐景龙，上一次咱们谈的事……这次我来还请徐总能够把咱们的事再商量一下，看看能不能定下来。

徐景龙坐在那里望着李文娟，面前的这个女人他虽然只是见过两面，可是第一眼见到李文娟的时候，徐景龙就心动了。虽然这几年在徐景龙身边的女人不少，可是他一看见李文娟，自己也说不清楚是怎么回事，总觉得李文娟是他多年想找而又没有遇上的那种女人。虽然李文娟现在已经年近四十，可是他觉得这个年龄的女人才有品位才有味道，尤其是当张文财把李文娟现在家里的事情告诉了徐景龙之后，徐景龙便更有自信了。原来还不知道李文娟需要什么，现在张文财已经告诉李文娟炒股被套的事情，他便和张文财两个人商议好了，设好了圈套。他知道李文娟早晚会来找他，便特意打电话让李文娟一个人来，他已经考虑得非常成熟了，就是李文娟再聪明，她也会上套的。

面前的李文娟当然不知道徐景龙这一刻都在想什么，她只是急着和徐景龙把销售药的合同签订好，这样她回去就可以把药品发过来，再把这里的药款结算回去，她的目的也就达到了。这个线接上之后，将来在沈阳最大的客户也就是这个金星药业集团了。

徐景龙好像明白了李文娟的心事一样，不动声色地说着，我看这样，我们以前也是用你们药厂的药，每一年的数量都不少，现在我又开了几家连锁店，数量肯定比以前还要多，咱们商量商量具体的环节，然后你回去就可以往我这里发药了。

李文娟没有想到徐景龙答应得这么痛快，真是让她喜出望外，便不迭声地答应着那好那好。

徐景龙不动声色地在那里看着一些报表，并指了指，你看看，这就是你们药厂生产的几种药，我已经关照下面的人了，要把你们的药摆到明显的位置。还有，让那两个医院的医生也尽量多给患者推荐。不过，你们给我们的折扣也应该适当提高一些，水涨船高嘛，再说了，现在那个词叫什么来着？对了，叫双赢。

李文娟赶紧点点头，那是，行，就按徐总说的办，只是那药款……

徐景龙很大度地说，这个没问题，药款我们会以最快的速度结给你，你可以打听打听你的上任推销员，我老徐办事是最讲信誉的人，商场嘛，如果没有诚信二字，那就寸步难行。

没有想到事情就这么快谈妥了，李文娟心里自然非常高兴，她恨不得马上回到招待所把消息告诉王福生。

徐景龙看了看表，这样，现在也快到中午饭的时间了，我请你吃一顿饭，然后你就可以回去了。

李文娟推辞着，那怎么行？咱们才见第二面，我也不好意思呀。

那有什么不好意思的？中午之后我还有一个会，我开完会就安排你们药厂的事情。对了，等你下一次来的时候，说不定你就可以把药款结回去了，这个我保证。怎么，就是我不请你，我现在请你陪我吃一顿饭总可以吧？

李文娟一看徐景龙把话说到了这种程度，如果再推辞的话，那就有不识抬举的意思了，便赶紧点了点头。

两个人来到了离金星药业集团不远的一家酒楼，在那个雅间里，徐景龙很熟练地点了几样菜。等服务员端上来，李文娟一看，其中有两样自己根本不知道那是什么东西，徐景龙热情地介绍着，就像他是饭店的厨师一样。

李文娟一边吃着，一边在心里羡慕着，这才叫生活，同样是干事，你看看人家干的。咱们那叫啥呀，那不能叫生活，那只能叫活着，每天有一口气。虽然是每一个人都是一天吃三顿饭睡一张床，可这差别实在是太大了，人家这徐老板好像是住在天上的人，而咱们那就像是在地狱一样。

李文娟回到招待所的时候，王福生一见面就埋怨她，你说说你，我给你打了好几次电话，你也不接。

李文娟望着丈夫皱了皱眉头，我不是跟你说了吗？我去见人家徐老板，你打什么电话呀？我就怕你老打电话，我才把手机关掉的。

那……那事情谈得怎么样了？被李文娟一顿抢白之后，王福生望着李文娟问。

李文娟炫耀地望着丈夫，你猜能怎么样？我出马，旗开得胜，你就等着瞧吧，咱们现在就可以打电话让药厂把那批药发过来，到时候咱们把药款一结，哈哈……

怎么这么痛快呀？王福生有些不敢相信，他没有什么别的条件，就这么痛快答应你了？

李文娟比比画画地说着，这你担心什么呀？他跑了和尚跑不了庙，他两所医院十几个药店，还能骗咱们那点儿药不成？再说了，他的医院能搬走呀？他的药店能同时关闭吗？你就放心吧。

那发多少呀？王福生望着李文娟。

李文娟打开皮包拿出那个已经和金星药业集团签好的协议

书，就这些，你按照上面的数量告诉咱们厂里，现在就把药发过来。

王福生拿着那两个列着药品名字的表格望了望，哎呀，这么多呀，这么多能不能……

李文娟指点着丈夫，你说你，我就知道你担心这个，我告诉你吧，人家都说了这个数量还是保守的呢，如果真能成的话，比这个还要多。

王福生也有些放心了，这就好，这就好。

送走李文娟之后，徐景龙坐到他的老板椅上闭着眼睛养神。

现在第一步计划已经顺利实施了，很明显这个李文娟现在已经被自己越套越深了，等她把药品发过来，我再把股市上的那个计策实现了，到那个时候，哈哈……

徐景龙美滋滋地想着，会计走进来他居然都没有发现。

徐总，这是咱们上个月的盈利，你看一看。

会计走进来把账推到徐景龙面前。

徐景龙睁开眼睛看了看，满意地笑了，行，这样干下去，到年底咱们又可以开他两家连锁店了，真是不错。

那还不是你徐老板有魄力，要是放在我身上呀，打死我都不敢。会计讨好地说着。

现在经商就要抓住机会，机会是什么？机会就是金钱就是效益，现在的社会发展多快呀，机会这东西转瞬即逝，如果你不抓住，那就成别人的了。因为今天徐景龙的情绪好，便滔滔不绝地对会计讲起了生意经。

会计站在他的老板桌旁连连点头。

接到王福生的电话，东江市制药厂销售科的人都感到很吃惊。

他们没有想到平时那么老实的王福生这次到沈阳去跑销售一下子就打开了销路，比原来的那个张文财销的数量还多，真是没有想到。

几个人在那里议论着，也都羡慕着王福生这一步走对了。

旁边有一个人多少了解情况，望着那几个人，你们知道啥呀？王福生干这个肯定不行，他媳妇在帮他，你们认识吗？就是原来在纺织厂工会那个能唱歌能跳舞的李文娟。

那几个人纷纷摇头，不认识，也没听说过。

好，等下次王福生回来，让他把媳妇领过来让你们看看，你们就明白了。

噢，原来是这么回事，没有想到王福生这个老实人还金屋藏娇呢，既然有那么漂亮的媳妇，那出去搞推销，哈哈……

屋子里的几个人也都乐了。

在那间小招待所里两个人还是很高兴。

他们俩好像忘了刚住进这家招待所的不愉快的事情了，因为马上就要挣到钱了，而且是好大的一笔，他们俩在那里悄悄地算着，这批药发过来之后，等过几天再把药款结回去，他们应该有多少提成。

王福生显得很兴奋，特地跑到街上买了一些熟食，又买回两瓶啤酒，两个人坐在床上一边吃着喝着一边说着话。

照这样干下去，等琪琪上学的时候，我看开学的学费咱们就差不多了。

李文娟点点头，可是我觉得还是太慢了，你看人家徐老板，听说他发家的历史也就是十年，原来他也就是一个普普通通的人，你现在看看人家。

王福生摇摇头，咱们能和人家比吗？人家说不上有什么特殊的办法，再说了，说不定有什么朋友或者贵人给他帮忙呢。经商这种东西呀，我看还是稳当点儿好。

李文娟瞪着王福生，你就知道稳当，你不记得那么句话吗？胆小不得将军做，就你这个老鼠胆，有什么机会你都会错过去的。

王福生望着妻子摇摇头，是，我胆小，我虽然胆小，可是有一点我能保证，那就是我不会犯什么毛病，不管什么事，我都要稳稳当当的，不该挣的钱我宁可不挣。

李文娟叹了一口气，你说说你，现在市场经济，人都在变，可是你呢？我和你结婚都快二十年了，你和二十年前没有什么变化。

王福生很平静地说，我这辈子恐怕也变不了。

那我就指不上你了，等有机会的时候，我看呀，还是得我来下决心。李文娟拿起酒瓶喝了一口。

王福生愣愣地望着妻子，想说什么一时又不知道从哪里说起。

十一

董云在家里发现孙女王琪最近的变化很大，但是又不好细问，只是在心里想着等王福生和李文娟回来一定要跟他们说一说。

王琪倒是显得无忧无虑，每天放学回来就关到自己的屋子里看书。有的时候董云做好了饭，王琪回来说她已经在外面吃过了，这让董云感到有些纳闷，可是问了几次，都被王琪挡回来了，都说她的事情不用奶奶操心。

董云想，这两口子到外面去跑销售，把孩子交给了我，现在正是要考大学的时候，可千万别出现什么分心的事，到时候考砸锅了，那可是一辈子的事情呀。

董云突然想起了那天她在窗口看见的和王琪很亲密的那个男孩子，不行我得问问她，那个男孩子究竟是谁家的，和她是怎么回事。

董云想到这里，敲开了王琪房间的门。

琪琪，你过来，奶奶问你一件事。

王琪放下书本走到客厅，奶奶，到底什么事啊？

董云坐在那里很认真地望着王琪，你跟我说实话，就是那个经常送你回家的男孩子是谁家的呀？叫什么名？

王琪乐了，看看你奶奶，他是我们班的一个男同学，外语巨差无比，他平时就磨着我让我帮他补外语。对了，他们家挺有钱的，听说他爸是个大老板，盖房子的，他妈答应他考好了外语有奖金，他就让我在考试的时候给他发暗号。这不是吗，这两次他把他妈的奖金骗了不少，所以就经常请我去吃麦当劳什么的。

董云皱了皱眉，你看看，你这么小，得把心思用到学习上，这样的男孩子他能学习好吗？我看你以后离他远一点儿。

王琪不以为然地说，其实他也不是什么坏孩子，我看脑子挺聪明的，就是没有用到正地方。

这么说你对他看法还不错，我不是问你了吗，他叫什么名呀？

他叫东方剑，对了，是复姓，姓东方，他妈姓郝，对了，东方剑跟我说，他姥爷是咱们市里什么大官，原来还当过副市长，现在是咱们市人大的副主任。

董云顿时吃了一惊，什么？是他，他是那个郝副市长的外孙？

王琪点点头，可能是吧，反正他是这么说的。

董云的脸色顿时难看起来，琪琪，我现在告诉你，以后你离那个叫东方的孩子远一点儿，你千万记住，一定要和他断绝来往。

奶奶，你这是怎么了？王琪不解地望着董云。

这个你不用管，这都是大人的事，你记住就行了，你必须和他马上断绝来往，他外语好不好的，你也不用管，你可千万记住呀。

王琪一听奶奶的语气这么坚决，只好勉强地点点头，行，我记住了，我去看书了。

王琪说完走回自己的房间。

董云坐在那里沉思起来，真是没有想到呀，四十年之后，他的外孙和我的孙女居然是一个班的同学，现在还走得这么近，老天呀，这是怎么回事呀……

尽管王福生对李文娟去徐景龙那里还是有一些担心，但是李文娟还是去了。

李文娟临走的时候告诉王福生，没事的时候不要打什么电话，她办事，保证不会出任何问题的。

王福生望着妻子点点头。

李文娟来到徐景龙公司的时候，徐景龙早就等在了那里。

还没等李文娟说话，徐景龙便首先说了，我正在这里等你呢，我已经和会计说好了，等她一会儿上班，就把支票给你送过来，怎么样，我老徐办事还讲究吧？

李文娟望着徐景龙点点头，那还用说吗？我早就看出来了，你徐大老板可真是一个讲究人呀。

这时，徐景龙的电话响了，徐景龙拿起电话很热情地喊着，哎呀，哥们儿，你终于来电话了，怎么又有新消息了吧，好，我现在就打开，你告诉我。

徐景龙没有把电话放下，而是夹在脖子上，一边打开旁边的电脑，一边对着电话说，你说，对，就是那个钢铁股，行，好，我现在就吃进，你放心吧，挣了钱少不了你的。

徐景龙把电话放下，在电脑的键盘上噼噼啪啪地打了一阵。

李文娟在旁边望着，一看徐景龙忙完了，便小声地问，徐老板，你也炒股呀？

徐景龙望着李文娟，怎么，这还奇怪呀？我跟你说吧，我的这份家当，有一半是炒股炒来的。

听了徐景龙的话，李文娟大吃一惊，便赶紧把身子往前探了探，真的吗，你说的是真的吗？

徐景龙笑了，你看你，难道我说的这个还有假？你方才不都听见了吗？我的一个朋友比我炒得还厉害，人家现在恐怕都成千万富翁了，你知道是怎么回事吗？我告诉你吧，都是炒来的。

李文娟神情暗淡地说下去，可是我也炒了，不知道是怎么回事，这两年股市就是起不来，我可被套惨了。

徐景龙认真地望着李文娟，怎么，你也炒股？那你是怎么炒的呀？

李文娟认真地回答着，我也就是看着那个股市上哪个企业的效益比较好，经过别人推荐，我就买了一些，可是……

徐景龙惋惜地摇了摇头，你看看，这怎么行呀？我跟你说吧，这年头炒股，你如果没有准确的信息，你能挣钱吗，人家不套你套谁呀？

徐景龙说着又指了指电脑，你看到了吧，我的那个朋友他的一个铁哥们儿在中国证监会，证监会你知道是干什么的吗？是专门监管中国股票的最高权力机构。他每次都从那里传来消息，我那朋友就按照那个信息大量买进，然后再大量抛出，这不是，我也借了大光了，方才我那个朋友又来电话了，说这只钢铁股马上就要升上来，用不了半个月，弄好了就会翻番的。我现在把我公司能用的这些钱全都买进了，你想，有了这种信息我能少买吗？

李文娟望着徐景龙羡慕地说，徐老板，那你这个信息……能不能……我现在可是被套惨了，我也想……

徐景龙望着李文娟笑了，我可跟你说，这个信息可不是从一般地方来的，咱们都是明白人，这种信息可是要付出代价的。你知道吗？方才我那个哥们儿是挺铁的，可咱们这种东西是挣钱的，人家给你提供的信息能白提供吗？就是人家不要，我老徐也不能不讲究呀，所以他每次给我提供信息之后，我都要从赚的钱里拿出百分之十或者百分之二十酬谢人家，这个你明白吗？

李文娟赶紧点点头，这个我明白，你放心，如果我也挣了的话，我也不会……

徐景龙点点头，这个我倒相信，可是信息这种东西不能是随便乱说的，我的那个朋友还专门告诉我，如果知道的人多了，明明能升值的，恐怕也会跌下去，这个道理你明白吗？

李文娟赶紧点头，我明白，你放心吧，你只要告诉了我，我不会乱说的，我不会的。

徐景龙拿起电话，喂，王会计，昨天我和你说的那个支票开好了吗？对，你马上送过来吧。

徐景龙放下电话望着李文娟，第一笔我先付给你十五万，是现金支票，你拿着这张支票到全国任何一个工商银行都可以支出现金来，你明白吗？这样你回去就可以把这笔现金交给你们财会人员了，你直接把支票交给他们也可以。

李文娟激动地站起身来，真是太感谢了，真的，我没有想到你徐老板办事这么痛快。

徐景龙很含蓄地望着李文娟笑了，时间长了你就了解了。

王会计从外面敲门进来，拿着一张支票递给徐景龙，徐景龙拿起支票看了看，又把支票递给李文娟，你可收好了，这可是钱呀。

王会计转身走出徐景龙的办公室。

李文娟把那张支票小心地放在自己的皮包里。

徐景龙望着李文娟，怎么样，你还有什么事需要我帮忙的吗？

李文娟往徐景龙跟前凑了凑，徐老板，就是方才我说的那个，就是那个股票的事，你能不能……

徐景龙走过来，隔着办公桌拉住李文娟的一只手，看你说的，咱们虽然见面次数不多，可是你在我的心里……

徐景龙一边说着，一边用另外一只手拍了拍李文娟的手，我的意思你应该明白吧。

李文娟脸腾地一下红了，她想把手抽回来，可是徐景龙攥得很紧。

徐景龙望着李文娟有些笑眯眯地说，怎么，我的这个心思你还不明白吗？你不就是想要我方才那个股票的信息吗？这个好办。

李文娟回头望望门口，有些紧张地望着徐景龙，徐老板，你……我……

徐景龙拉着李文娟的手，走，咱们到里边，我好好地跟你谈一谈，你要的信息这完全是可以的。

徐景龙拉着李文娟的手走到了里面的套间。

一进屋，徐景龙回手把门反锁上了。

李文娟走进这间卧室一样的套间顿时惊呆了，里面什么都有，一张豪华的双人床摆在中央，还有一系列的冰箱彩电等家用电器，桌子上摆着鲜嫩的水果。

徐景龙望着李文娟，怎么样，我这里环境还不错吧？

李文娟点点头，是啊，是啊，没有想到你这办公室里，还是这样的。

徐景龙搂着李文娟的肩膀，我现在钱挣了不少，可是钱是什么东西？那是身外之物，不是有人说过吗？从你手里花出去的那才叫钱。所以我想明白了一个道理，生活就是要享受，所以我现在就要享受生活享受生命。

李文娟叹了一口气，谁不想享受生活呀？可是像我们这样的就没法和你相比了，我们那也就是个活着。

徐景龙很豪爽地拍了拍李文娟的肩膀，这还不简单吗？你听我的，好日子马上就会来了。

李文娟故意往徐景龙的肩膀上靠了靠，徐老板，你现在该告诉我那个股票的信息了吧?

徐景龙望着李文娟，怎么，你真想知道呀?我可跟你说，虽然我靠这个信息是挣了不少钱，可这种东西也不是百分之百的，你就不怕有风险吗?

李文娟很真诚地望着徐景龙，从你这儿得到的信息，我肯定放心，难道你还能坑我还能骗我吗?

徐景龙俯下身亲了一下李文娟的脸，这你算说对了，我不会坑你也不会骗你，你如果按照我说的这个信息买的话，我敢保证不出半个月弄好了你就会翻番的。

那你快告诉我吧。李文娟有些迫不及待地说。

徐景龙搂着李文娟坐在床边，看看你，着什么急呀?方才咱们不是说了吗?咱们先享受生活，然后我再……

徐景龙搂着李文娟把她推到了床上。

李文娟用手推开徐景龙，你可得说话算数，你千万要把那个信息告诉我，要不然的话，我……

徐景龙俯下身去亲着李文娟，看你说的，我怎么能不告诉你呢?一会儿我就告诉你，你放心吧。

李文娟望了一眼徐景龙，顺从地闭上了眼睛……

王福生在小招待所里急成了热锅上的蚂蚁。

他本想打电话问一问李文娟这么长时间怎么还没有回来，可是他又有些不敢，因为李文娟走的时候已经和他交代过了，没有特殊的事情不要给她打电话。

李文娟终于来电话了，王福生兴奋地接着电话，什么，事情已经办成了？太好了，那你什么时候回来呀？

李文娟在电话里告诉他，她要和徐老板吃一顿饭，徐老板这个人特别热情特别讲究，她让王福生晚上吃饭的时候不要等她了，她一会儿就回去。

王福生放下电话，心里也高兴起来，真没有想到李文娟把事情办得这么痛快，从电话里他听出李文娟说话的口气是那么高兴，好像是捡到金元宝似的。

王福生在房间里来回走着，这回可好了，这回可好了，他在心里不断地念叨着。

徐景龙和李文娟从套间里走出来，李文娟用手拢了拢有些凌乱的头发，用娇滴滴的语气说着，徐景龙，徐老板，你可真是够坏的，咱们这才见了几面呀，你就……

徐景龙拍了拍李文娟的肩膀，看你说的，咱们都是过来人，你说说，我怎么样？

李文娟不好意思地瞪了徐景龙一眼，还说呢，你这个开药店的老板，是不是净吃这方面的什么药呀，你可真……

徐景龙满足地笑了，我还行吧，我告诉你，等你下次来的时候，你可千万要来找我。

李文娟推了一把徐景龙，你快点儿吧，把你方才那个信息给我写下来，我回去就办。

徐景龙走到电脑前，用手打着键盘，又拿过一张纸在上面写着，徐景龙写好之后把那张纸交到李文娟的手里，我可跟你说好了，这个信息你可千万不能告诉任何人，如果你要告诉了，出现什么后果我可不负责任。

李文娟拿过纸看了看，你放心吧，这种东西我能轻易告诉别人吗？你放心，等我挣了钱，我再好好地感谢你。

徐景龙望着李文娟乐了，行，我需要什么样的感谢你心里明白。

李文娟瞪了徐景龙一眼，我真是没有想到，你也是这么坏的男人。

徐景龙把办公室收拾了一下，关掉电脑，怎么，事情办完了是不是陪我吃一顿饭呀？

李文娟点点头，行，我请你。

徐景龙摇摇头，算了，你请我，还是把你那俩钱留着炒股吧，我请你，今天咱们去吃大餐。

李文娟走过去搂住徐景龙的一只胳膊，走，我今天非好好地宰你一顿不可。

徐景龙笑了，我就等着你这温柔的一刀呢，哈哈……

张文财接到徐景龙的电话之后，高兴得在自己家里蹦了起来。

你看看你，是什么事啊，把你高兴成这个样子？张文财妻子瞪着丈夫。

张文财在地上又转了一个圈，好事，天大的好事，大鱼上钩了。

张文财妻子不解地望着丈夫，你说的是啥呀，什么上不上钩的？

张文财故作神秘地望着妻子，我跟你说你也听不明白，反正是好事。我这么跟你说吧，别人不是想把到我嘴里的肉给我抢去吗？用不了几天，你就瞧着吧，那块肥肉还得回到我的碗里。

张文财妻子有些不放心地说，你是不是又想什么办法要把原来的那个销售网络的事……

张文财点点头，怎么，兴他抢我的，就不许我想点儿办法再夺回来呀？别看他有当亲属的大官保着他，这回呀弄不好谁都保不了。

我看你得注点儿意，这年头干什么事都得给自己留一点儿后路。张文财妻子还是有些不放心，我可跟你说，千万不能把人得罪得太狠了，要不然的话，有你好果子吃。

算了吧你，头发长见识短，我的事你别管。张文财很固执地说，快点儿，给我整俩好菜，我要喝两杯。

张文财妻子瞪了丈夫一眼，你呀，就知道喝酒，喝完酒就想歪主意。

张文财瞪了一眼妻子，这怎么是歪主意呢？我还不是为了这个家，难道这年头多挣一点儿钱还怕钱咬手呀？

那也得走正道呀，更不能坏别人。张文财妻子还是按照自己的想法说着，反正我信那句话，君子爱财取之有道。

张文财沾沾自喜地说，我告诉你，我这也是道，而且是人间正道。

张文财妻子撇了一下嘴，一扭身向厨房走去。

在火车上，李文娟俯在王福生的耳边说，这次回去，我就把这笔钱先用上。

王福生吃惊地望着李文娟摇着头，这可不行呀，如果你整出什么事，咱们可怎么办呀？

李文娟自信地说，你放心吧，人家都告诉我了，这只股票不出半个月就能翻番，半个月才多长时间呀，一转眼就过去了。等挣了钱，咱们把这笔钱再给厂里，神不知鬼不觉的，咱们就能挣一大笔钱。

王福生摇摇头，可是我还是不放心，如果挣不着呢？还像以前似的，买了之后被套了呢？

闭上你的臭嘴，你怎么就不说点儿好听的呢？李文娟怒视着丈夫，我这还没等干事呢，你就这个熊样子，像你这样的能干成什么事啊？你看看你，人家挣大钱的，哪有像你这样老鼠胆的？

王福生还是担心地说，胆小挣不着钱，但是也不会干违法的事，你这么干，我看是危险的。

李文娟很自信地说，你就放心吧，这个事我有百分之百的把握。

什么，真的有这么大的把握？王福生望着李文娟，如果真是那样，那不等于从地上捡钱一样吗？这个事我还是不太相信。

好，到时候你就相信了。算了，你啥也别说了。李文娟显得不耐烦的样子。

王福生无奈地摇着头，他想阻止李文娟，可是他知道，那不会起到任何效果，因为这么些年他已经品出来了，只要是李文娟想办的事，他王福生就是把嘴皮子磨破了，李文娟也不会听他的。

李文娟回到东江市就把那十五万元的现金支出来，买进了徐景龙告诉她的那只钢铁股票。

从买进那只股票之后，李文娟就觉得自己抛出了一条长线，长线的那一头拴着一个巨大的铁钩，而且那条巨大的鱼正朝着那个铁钩游过来，这条大鱼她做梦都想要，只是不知道怎么才能钓到自己手里，现在已经有完全的把握了，她做梦都能乐出声来。

王福生依然沉默不语，他知道李文娟正在干什么，便把自己的心提到了嗓子眼等待着，他不知道在等待什么，因为这个时候劝阻已经起不到任何作用了，那只有等待。他在心里也盼望着像李文娟说的那样，在半个月的时间内就能挣到一大笔，这样神不知鬼不觉地他们就能挣到钱，药厂那边再把钱交上去，谁都不知道，这样也挺好的。

王福生在心里不断地这样劝解着自己，使自己尽量往好处想，尤其当他看到李文娟的表情，这种自信慢慢地也在自己的心里树立起来。

从那天开始，李文娟推掉了家里的所有的家务活，每一天都坐在电视机旁看着，早晨股市一开始，她就跑到股市大厅静静地望着前面。

就连胖姐和瘦张都感到有些奇怪，这李文娟是怎么了？出去这一趟回来怎么变成这样了，每天都目不转睛地望着前面？

胖姐走到李文娟身边想问一问，可是李文娟始终摇着头一言不发。

胖姐有些不高兴了，噘着嘴，你看看你，是不是有什么好消息了？如果你有好消息了也得告诉我们俩呀，你看看咱们也算是难兄难弟了，这种时候你怎么能……

你瞎猜什么呀，胖姐？我真的没什么，我只是听别人说，我被套住的那只股票现在有可能要升上来，就这个。李文娟耐心地解释着。

胖姐摇摇头，算了吧你，你的那两只股票，还用你盯着呀，我这也给你天天看着呢，不是这么回事，我敢保证你说的是假话。

你看看你，咱们相处这么长时间了，我能用假话蒙你吗？

李文娟尽量耐心地说着，可是胖姐还是摇着头。

十二

董云把孙女王琪和东方剑的事情悄悄地告诉了王福生和李文娟。

董云还再三再四地叮嘱李文娟，你可得抓紧管一管，现在琪琪正是关键的时候，如果一分心，明明能考上大学，恐怕也考不上了。再说了，咱们是普通的百姓人家，要找也不能找那些什么大老板的儿子，你可千万告诉琪琪，就是将来找，也不能找那个叫东方的孩子。

李文娟满口答应着，她抽了个时间把王琪叫到屋里悄悄地问了情况。

当王琪把她和东方剑的事情告诉了李文娟之后，还说了东方剑的打算，说如果王琪想出国留学的话，王琪的所有学费都由东方剑家里出，因为东方剑的父亲正开着一家房地产公司，有的是钱。

李文娟听了女儿这后面的话，居然有些心动了，只是表面上告诉王琪现在还不是分心的时候，等考完大学之后，这个事不是不可以考虑的。

李文娟还叮嘱女儿，在奶奶面前一定要说和那个叫东方的孩子没有来往。王琪有些不解，李文娟就告诉王琪，你只管这么说，别的事以后再说。

王琪愣愣地点点头。

李文娟又告诉董云，说她已经和女儿谈了，女儿满口答应要和那个叫东方的孩子分手，其实她说和那个叫东方的孩子本来就没有什么事情，现在自己要把全部心思都用在考学上。

董云听了李文娟的话，放心地点着头，这就好，这就好。

转眼一星期过去了，李文娟天天跑股票大厅，可这一星期她眼睁睁地看着那只股票天天往下跌，她终于沉不住气了，把电话打给了徐景龙。

她没有想到徐景龙在电话里也是叫苦不迭，说那个朋友提供的信息这一次不准了，他买了五十万，现在已经跌掉了不少。

徐景龙告诉李文娟，现在赶紧割肉，如果不割的话，有可能就来不及了。

李文娟拿着电话，手都在发颤，她现在是欲哭无泪，只好颤抖着声音说着，徐……徐老板，我可比不了你呀，你是家大业大的，你不知道，我是把从你那里拿的那个现金支票都买了那只股，你说我现在可怎么办呀？

什么，你怎么能用那一笔钱买呢？你看看你，徐景龙在电话里辩解着，我当时忘了告诉你，谁炒股也不能占用公款呀？再说了，就是用自己家的钱，也不能倾其所有把全部的钱都投到股市上呀，你看看你这个人，怎么这么着急、这么贪多呀？

李文娟提高了嗓门，你还说我呢，你不是左一个保证右一个保证说半个月就能翻番吗？现在可倒好，你说我怎么办吧？

徐景龙在电话里耐心地劝着李文娟，你看看你，我坑谁也不能坑你呀，可是没有办法。我不是说了吗？这种东西还是不能百分之百地相信，这也是有风险的，可是你不听，你还把药款投到了股市，你这能怨我吗？

你这个没良心的，李文娟对着电话吼道，你说你，现在这种时候你不帮我也就算了，你怎么还能埋怨我呢？还说这种话。

徐景龙在电话里缓和了口气，好了，我告诉你，你现在赶紧抛出去，要不然的话，可能还会往下跌，到时候你就更麻烦了。

李文娟赌气地关掉手机，狠狠地一跺脚，这个徐景龙，真不是东西，好人坏人都让他做了，当时说得天花乱坠，现在倒不认账了，倒说我不应该这个不应该那个的，看起来呀，这种男人，我怎么就没看透呢？

李文娟彻底地感到后悔，她后悔不应该信徐景龙的话，也后悔自己太固执没有听丈夫的话，可是世间什么药都能买到，就是买不到后悔药，现在怎么办呀？

李文娟算了一下，如果现在撤出去的话，投进的十五万元钱，现在已经跌掉了三分之一。

本来是想挣钱的，没有想到，几天时间又出了五万元钱的大窟窿，这可怎么堵呀？

如果听徐景龙的话，现在抛出去，几天时间又亏了五万，我可怎么向家里人交代呀？李文娟陷入了更深的痛苦之中。

不行，我不能这么抛出去，我再等一等，如果哪一天反弹上来呢？再说了，徐景龙告诉我这个信息的时候，不是有那么大的把握吗？更何况这种信息是从上面传过来的。

李文娟在痛苦和矛盾中挣扎着期盼着……

股票大厅里依然十分冷清。

李文娟再次走进来的时候，她的心里更是冰凉冰凉的，看到胖姐和瘦张走过来和她打招呼，她也没有心思和这两个人再说什么了。

李文娟盯着前面的电子显示屏，那一片绿色又让她心惊胆战，她盯着自己买的那只钢铁股，还是一直往下走，这可怎么办？她在心里不停地算着，前几天只是跌掉了五万元钱，现在算下来，又跌掉了好几万，这可怎么办呀？

李文娟知道自己惹了大祸，现在可是叫天天不应、叫地地不灵的时候啊。

李文娟猛然之间想起了谢天喜，她在想，如果现在自己主动去找谢天喜，谢天喜有可能还能帮忙。对，李文娟在心里给自己打着气，我就去找他。

李文娟走出股票大厅，打开手机拨通了谢天喜的电话。

可是李文娟听了半天，里面没有任何声音。

李文娟的心彻底地凉了下来，这是怎么回事呀？前两天谢天喜还一个劲地给李文娟打电话，可是这么几天不见，这小子便从人间蒸发了一样，变得无影无踪了。

李文娟望着街上川流不息的车辆和行人，陷入了深深的困惑之中。

李文娟现在真是无计可施了，她现在真是悔恨交加，最恨的当然是那个徐景龙，他赔点儿钱倒没什么，凭着他那么大的公司，别说是几十万，就是赔几百万，他也照样能够生活下去。

他一样能活得很滋润，用那姓徐的话说，他也照样能够享受生活，可是我可怎么办呀？

李文娟现在真是到了欲哭无泪的时候了。

这些日子徐景龙也在关注着股市上的变化。

自从李文娟把那张现金支票从他这里拿走之后，徐景龙甚至有些后悔了，那可是十五万元，现在股市跌得这么惨，那李文娟可怎么办呀？

徐景龙觉得自己还不是一个太坏的人，都是张文财那小子出的损招儿，现在可倒好，事情弄成了这种样子，李文娟打来几次电话，徐景龙也只有叫苦的份儿，也只能是说自己赔得更惨，用这些理由加以掩饰。可徐景龙有些良心有愧呀，不管怎么说，为了得到那个坑人的信息，李文娟把身子都搭上了，现在这不是雪上加霜吗？

徐景龙在办公室里来回走着，他想尽量减轻李文娟的损失，可现在他也没有别的办法，因为张文财的计划里还有第二步，而那第二步，比这第一步还要狠。

现在李文娟已经够惨的了，如果再像张文财说的那样，对她的丈夫下手，那李文娟家里可就毁了。

徐景龙想着，拿起了电话，拨通了张文财家里的电话。

我说文财呀，那件事我看是不是就到此为止啊。徐景龙以商量的口气对张文财说。

张文财在电话里有些不解地问，什么事啊，表哥，什么到此为止呀？

徐景龙明知道张文财在那里装糊涂，但只得把话说得更具体一些，就是你到我这里来说的那个事，那个李文娟把支票拿回去之后，现在买的我说的那个股，把她已经跌惨了，听说十五万元钱已经跌掉了一多半，我看你的气也出了，也就到此为止吧，咱们商量的那个第二步的计划，我看……

张文财在那边其实早就明白了，可是他不想就此罢休，听了徐景龙的话，他当然不能到此结束，便对徐景龙说，表哥，这个你就不用管了，这是我和他王福生个人之间的事，他能仗着他当舅舅的权势把到我嘴里的肉给硬夺过去，现在我也不能饶了他，不是有那么句话吗？量小非君子，无毒不丈夫，我让他怎么从我嘴里夺过去的，再乖乖地给我还回来。

徐景龙还想说下去，可是他知道张文财这个人，再说一千句好话，恐怕那小子还得那么办，也只好作罢了。

徐景龙放下电话，他觉得这个事现在没有办法了，如果自己能做的话，那必要的时候就给李文娟一些经济上的补偿，这样也可以买回良心上的平衡和安宁。

徐景龙自从发达之后，每逢出去旅游的时候，都要到庙上去上香去拜佛，有一次他上完香捐了善款之后，还亲自到那个老和尚面前进行讨教，老和尚劝他，一定要多行善事，尤其是生意做好了之后，多帮帮那些有灾有难的人，这也是给自己积德。

徐景龙对这些东西虽然不能深信不疑，可是他也觉得世间的事情都是如此，那就是恶有恶报善有善报。不管怎么说，他现在是有些对不起李文娟，和张文财那个坏小子共同设套，现在把李文娟一家已经逼到了绝路了，可是张文财还在那边下毒手，可他徐景龙这个时候还不能提醒李文娟。

徐景龙也陷入到了深深的自责之中。

董风接到葛连升电话的时候，他已经知道董云住进了医院，被确诊为胃癌晚期，接到葛连升的电话，这又是一次不折不扣的雪上加霜。

葛连升在电话里说话已经不是正常的声调了，说王福生刚从厂里被检察机关带走，是因为挪用了公款，数额还不小，让董风赶紧想办法。葛连升在电话里还一再解释，在此之前他一点儿都不知道。

董风放下电话坐在办公桌前沉思着，真是没想到，这福生的胆子也太大了，刚刚打着自己的旗号去搞销售，现在居然把药款挪作他用，那他占用药款干什么呀？对了，我想起来了，都是那个李文娟，他肯定是听他媳妇的话，把那笔公款拿去炒股了，现在股市这种情况，那肯定已经跌得差不多了……

董风不敢再多想，便风风火火地赶到医院，他要马上问清楚，到底是怎么回事。

董风走进病房和姐姐打了招呼之后，便把李文娟叫到走廊，小声地询问着情况。

文娟，你跟我说实话吧，现在福生已经出事了，我刚接到葛连升的电话，他已经被检察院给带走了。董风望着李文娟说。

李文娟顿时傻在了那里，睁大眼睛，半张着嘴说不出话来。

董风拉着李文娟走到走廊的一头，小声而威严地说，你赶快说呀，这到底是怎么回事？

李文娟眼泪哗哗地淌了下来，舅舅，这个事不怨福生，都怨我。这不是吗，我们俩到沈阳那个金星药业集团去推销药品，那个姓徐的把一张十五万元钱的现金支票交给了我，同时，他还告诉了我一个股票信息，说半个月之内就能翻番，我就……

董风盯着李文娟，这么说你把那十五万元钱全都买了股票？你说你，这胆子怎么这么大呀？现在那股票怎么样呀？

别提了，李文娟带着哭声，自从买了那只股票之后，就是一个劲儿地跌，现在已经跌掉了一多半了。

董风在走廊里来回走了走，用手指点着李文娟，你说我怎么说你们呢，这么大的事，你们胆子也太大了，你知道吗？这是挪用公款，如果还不上的话，那就等于侵占公款，你知道这是多大的罪吗？

李文娟被董风问得张口结舌，站在那里不知如何是好。

李文娟想了想，走到董风面前，舅舅，那你说现在怎么办呀？我……

还能怎么办？现在就是砸锅卖铁也要把钱赶紧给还上，这是第一步。董风说得非常坚决，如果这钱不能马上还上，那福生的罪可就大了，你懂吗？

李文娟连连点头，行，我马上想办法，我马上就去想办法。

这个事你还不能告诉你妈，她现在身体已经那种样子了，你就让她多活几天吧。董风临走的时候对李文娟嘱咐道，对了，我那里还有两万元，明天我给你送过来，你赶紧去想办法吧。

董风气呼呼地走了，李文娟傻傻地站在那里。

李文娟这一刻彻底蒙了，她现在说不清自己该干什么，她的心里就像打倒五味瓶似的，什么滋味全都有了，只是觉得现在真是搬石头砸天都够不着呀。她算了一下，现在十五万元钱的股票，已经跌掉了大半，现在剩下的那部分，可怎么能出手呀？再说了，要凑够这十五万元钱，谈何容易呀？可是如果不马上还钱，那王福生可就……

李文娟不敢想下去，她现在突然觉得徐景龙太可恨了，他怎么能告诉这样的信息，当时还蛮有把握说能翻番，现在可好，如果能保住本，也不会走到今天呀，她拿出手机拨通了徐景龙的电话。

徐景龙在电话里再三再四地向李文娟道着歉，说自己跌得也很惨，那五十万元现在就剩下十几万了，他对李文娟的事情也真是感到非常抱歉。

李文娟一看和徐景龙也说不出什么名堂，便赌气把手机关掉了。

李文娟想，当务之急是马上要搞到那笔钱，马上给人家送去，否则的话……

李文娟不敢再往下想。

股票大厅里依然冷冷清清，只有胖姐和瘦张两个人在那里热烈地交谈着。

股市低迷这么长时间，在他们两个人的心中早已经形成了习惯，所以他们到这里来并不是关心股票上的事了，因为在家里别的事情也做不成，还不如到这里消磨消磨时间。于是两个人在那里热烈地交谈着，从国内又聊到了国外……

对了，这怎么好几天没见到文娟了？胖姐突然想起来了。

瘦张摇摇头，这谁知道呀，她这些日子说来就来说走就走，好像也不和咱们一样了。

胖姐点点头，是啊，我估计她最近肯定有什么事，只是不想让咱们知道罢了。

是啊，自己的梦还得咱们自己圆呀。

李文娟第一件事就是安顿好董云，又赶往父亲李龙斌家。

李龙斌听说了这件事情之后，也严厉地批评李文娟，你说你，这好日子不过，你瞎折腾什么呀，原来那几万元钱不是给孩子留着上学吗？你可倒好，虚荣心就那么强，你命里不该有的那笔钱，你还想发财，这回好了吧，钱没挣着，还把丈夫折腾到监狱里了。

李文娟哭着说，爸，我都知道错了，你就别说了，你看看能不能帮我想想办法，救救福生吧。

你现在才知道着急，早干什么去了？这两年我就跟你说，咱们就是普通的老百姓，就踏踏实实过老百姓的日子，可是你呢，就是油盐不进。李龙斌越说越气愤。

李文娟坐在那里不停地抹着眼泪。

李龙斌打开抽屉拿出一个存折扔给李文娟，我就这么多，一共两万元钱，不够的话，你再想别的办法吧。

李文娟打开存折看了看，点点头，谢谢爸了，这个算我借的，等我们有了一定还给你。

李龙斌皱着眉头，还什么还不还的，你赶紧想办法吧，如果这种事情拖久了，那福生的罪过可就更大了。

在病房里，细心的董云已经看出了李文娟有事情瞒着她。

董云咬着牙把那碗粥喝下去之后，叫着李文娟，文娟，你过来，我有事情问你。

李文娟强装笑颜走过来，妈，有什么事你就问吧。

董云盯着李文娟，文娟，你跟我说实话，到底发生了什么事？

妈，没什么事啊。李文娟努力掩饰着。

董云望着李文娟，有事你一定要跟我说实话，你肯定有事瞒着我，我问你，福生这两天干什么去了，他怎么不在这里？

不管怎么说，他就是再忙，也得来看看呀。

李文娟把目光挪开，望着窗外，嘴上却说，他忙，他挺忙的。

董云拉着李文娟的胳膊，文娟，你想急死我呀，有事你赶紧说，说不定我还能帮你想想办法，如果你不说，这饭我从现在开始也不吃了，我现在就告诉医生，我也不治了，咱们马上回家。

李文娟扑通一下跪倒在董云面前，妈，我错了，都是我的错呀，我跟你说实话吧。

董云拉起李文娟，你这是干啥呀？有什么事你说吧。

李文娟扑到董云的怀里抽泣着，妈，都怨我，都怨我，我真是后悔呀……

十三

这天晚上，东方剑和王琪走在回家的路上。

东方剑扯了一下王琪的胳膊，琪琪，那件事怎么样了？

王琪知道东方剑问的是什么事，故意摇摇头不说话。

东方剑又往王琪耳边凑了凑，你快说呀，我可是和我爸我妈都说了，而且说得非常坚决，如果让我出国留学，必须让你陪着，要不然的话我也不去了。

王琪叹了一口气，我可比不了你，这种事情在我们家很难呀。

东方剑不解地问，难？这有什么难的呀？这如果换了别人，恐怕得脑袋削尖了往上冲呢，可你……你们家的人怎么这样啊？

王琪推了一把东方剑，你少说这种话，我妈那里还差不多，可是我奶奶说什么也不同意，而且态度非常坚决，告诉我不许和你来往，我也不知道为什么。

东方剑放心地笑了，原来是你奶奶有阻力呀，她一个老太太，没事。

王琪摇摇头，我告诉你，我们家小事我奶奶肯定不管，如果是大事的话，我奶奶说了算。

什么，你们家是你奶奶当家？那你爸呢？东方剑追问着。

其他的事我妈说了算。王琪解释道，我爸平时很少管事。

什么，你妈排到了第二，你们家可真有意思。

王琪点点头，是啊，只要是我妈说的事，我爸十有八九都会同意的。

东方剑哈哈大笑起来，原来是这样的啊，你爸听你妈的，而你妈呢又得听你奶奶的，我说得对吧。

王琪点点头，差不多吧。

好了，咱们先不说这个了，等过几天让我爸我妈想办法，我想他们会攻下你奶奶那个堡垒的，不管怎么说，给老太太买几套好衣服，老太太一高兴，这有什么呀？

王琪摇摇头，你别瞎说了，我奶奶可不是那样的人，见钱眼开。

好了，琪琪，别生气了，来，咱们听歌吧。东方剑说着，把耳机放到耳朵上开始听歌。

两个人一边听着歌一边往前走。

街上的人纷纷跑散大呼着，可他们俩还是没有注意，后面一个骑自行车的把他俩推开之后，一辆大货车从他们俩身边呼啸而过，而救他们的那个人却被撞倒在了路边。

东方剑和王琪赶紧冲过去，东方剑抱起倒在路边的那个人，仔细一看，大声地喊起来，小姨，小姨你醒醒呀。

王琪站在那里，什么，她是你小姨？

东方剑点点头，是，如果不是我小姨，那车就把咱俩撞死了。

这时，一辆警车飞快地开过来，李文军从车上跑下来，王琪喊，舅舅，你快来，那辆货车把这个阿姨撞伤了。

李文军指挥着那警车赶快去追那辆货车，自己跑过来和东方剑把周晓梅抬到了出租车上。

在医院抢救室门口，挤满了人。

东方剑和王琪在那里不停地向里面张望着。

李文娟和郝卫琴也先后赶到这里。

文军，听说……李文娟喘着气对李文军说，听说救琪琪的那个是这个东方的小姨，是吧？

李文军点点头，是啊，她姓周，是这个医院的医生，我当时也看见了，如果不是周医生的话，他们俩今天可就危险了。

东方剑和王琪走过来分别向李文娟和郝卫琴打了招呼。

郝卫琴望着王琪，这就是你家的琪琪呀，听我们家剑剑回去常说，今天总算见面了。

李文娟对东方剑点点头，琪琪也跟我说了，他们俩……他们俩的事。

几个人又往手术室门口看了看。

一个护士匆忙地走出来急切地问，谁是 AB 型的血，现在血不够了。

几个人互相观望着，都纷纷摇着头。

李文军快步走过来，护士，我是 AB 型的，快抽我的吧。

走吧，护士望了一眼李文军，那赶快。

李文军跟着护士走进了治疗室……

郝卫琴和东方志远正在吃饭。

今天我到医院去了，要不是我表妹的话，咱们剑剑和那个琪琪恐怕就……

东方志远叹着气，你说这孩子，走路的时候听什么歌呀，这多危险呀。

郝卫琴点点头，谁说不是呢？对了，今天我见到那个叫王琪的孩子了，那孩子挺懂事的，个头也挺高的，长得也不错。

东方志远望着郝卫琴，那找个机会和她家长谈一谈。

我听剑剑说，好像她妈差不多，可是那孩子的奶奶不同意。

那她爸呢？东方志远抬头望了一眼郝卫琴。

郝卫琴乐了一下，她爸听她妈的，就是这老太太不知道怎么回事。

东方志远不解地说，什么，一个当奶奶的还管这种事？这可真是有意思呀。

谁说不是呢？对了，我听说那个琪琪的奶奶现在也在住院，听说已经确诊，是胃癌晚期。

东方志远想了想，要不这样，哪天你就去看一看那老太太，正好当着她的面试探一下，就是她不同意，你尽量地试探试探是为什么不同意，如果是……需要钱的话，咱们可以……

郝卫琴点点头，行，明天我就过去。

李文娟终于打通了谢天喜的电话。

那边谢天喜接起了电话，喊着是谁呀。

李文娟有些激动，甚至有些欣喜若狂，在心里甚至有些欢呼起来的意思，这回终于打通了，这回终于有救了。

这几天李文娟不止一次地想起了谢天喜，她想如果和谢天喜真的联系上了，谢天喜肯定会帮忙的，肯定能帮助她李文娟渡过这一关。因为谢天喜现在论经济实力完全可以帮她，还有一点更重要，那就是谢天喜喜欢她李文娟。

说心里话，李文娟不想走出这一步，可是现在没有办法，祸都是自己惹的，现在不能把自己的丈夫关进监狱呀。不管怎么说，婆婆病成了这种样子，而女儿又要马上考大学，这么重的负担我怎么能背得起呀。于是李文娟这几天就不停地打着谢天喜的手机。

谢天喜在那边不冷不热地说，是文娟呀？怎么，你有事吗？

李文娟故意装出一种特殊的腔调，怎么，我没事就不能给你打电话呀？我打了这么多次电话，你这是怎么回事呀，都急死我了。

谢天喜在那边平静地回答着，这些日子我实在是太忙了，有的时候真是顾不上接电话，对了，你到底有什么事？

你看看你，再忙也不能不接我的电话呀。李文娟很自信地嚷着，这样吧，你什么时候回到咱们东江市，咱们见个面，我有事想求你。

哈哈，谢天喜在电话里终于笑了，你李文娟还能有事求我？我可是左三番右二次地求你，可是在你那里一而再再而三地碰钉子呀。

李文娟尽量压着心中的火气说着软话，你这么大一个男人，怎么那么小的心眼啊？这次我可真是有事求你。

谢天喜不冷不热地说，我可能还要有一些日子回去，如果事情着急的话，你现在就说吧。

李文娟咬了一下嘴唇，终于下了决心对着电话说，是这样，我现在需要一笔钱，你如果能借给我五万六万的，我非常感谢，我一定抓紧时间还给你。

谢天喜沉默了一会儿，这个恐怕不行，现在我的钱全被货款给压住了，再说，这个数额也太大了。

李文娟知道这完全是谢天喜的借口和托词，他是不想借钱给自己，李文娟便不甘放弃地对着电话说，你原来不是想让我到你的公司里去上班吗？我现在同意了，我如果还不起的话，就从我的工资里扣，这总行了吧？

谢天喜在电话里依然是那种腔调，你这想得也太简单了，我不是跟你说了吗？我是想让你到我这里来上班，可是你对我总是不冷不热的，我这里的位置也不能老给你留着呀。这不是吗？正好来了一个大学毕业生，比你年轻，还有一点比你还漂亮，哈哈，对我，那就更没说的了，还比你更热情，更善解人意，这回你明白了吧。

李文娟仍然不甘心，那你原来不是说……你不是说对我……

谢天喜又扔过来一番话，是这样的，如果我主动的时候，那对你是一种机会，现在你求我了，对我来说那就没意思了。是，我曾经说过你挺有品位的，在男人的眼里像你这样的女人也挺有味道，可是那是那个时候，这就叫此一时彼一时，换句话说，我现在有了比你更好的了，这话我说得够明白了吧？

李文娟还想说下去，谢天喜在那边已经把手机关掉了。

李文娟拿着手机狠狠地骂了一句。

李文娟心里彻底冷了，没有想到前些日子还对她甜言蜜语的谢天喜，转眼之间就变成了这种样子，现在看来这臭男人是根本靠不住的，不管什么事还得尽量靠自己。

董云躺在病床上望着天花板想心事。

一看李文娟走进来，董云努力把身子往起支了支。

李文娟赶紧跑过来抱住婆婆为她把被子垫在身后。

文娟，你现在如果补上占用的那笔钱，还差多少？

李文娟哭丧着脸回答着，我爸那里有两万全拿来了，再加上我舅的两万，可是……可是还差六七万呢，我可怎么办呀？

董云望着李文娟，无可奈何地摇摇头。

李文娟又擦起了眼泪，我已经打了很多电话，可是那些有钱的平时还说得不错，到我真有事的时候，他们都……

董云叹了一口气，我跟你说吧，这就叫世态炎凉，不是有那么句话吗？穷在大街无人问，富在深山有远亲，你如果行了，谁都靠上来了，现在知道你不行了，人家躲还来不及呢。

李文娟点点头，是啊，这件事也确实是试出来了。

董云终于下了决心，文娟，你打电话让你舅舅过来一趟，就说我找他。

李文娟望着董云。

董云说，这你不用管，你让他过来，我有事情跟他说，你快点儿吧。

两个人正说着话，郝卫琴提着一袋水果走进了病房。

李文娟赶紧介绍着，这就是琪琪同学的母亲，姓郝，这是我婆婆。

郝卫琴走过来对董云询问着，劝解着。

几个人说着话，话题又转到了两个孩子的学习和将来升学的事情上。

我和剑剑的爸爸都商量了，剑剑也是这个意思，如果两个孩子同意的话，将来就把他们两个一起送出国，你们家的经济条件我们都知道，学费的事情你们不用管，由我们来管。郝卫琴说着，眼睛却望着董云。

还没等李文娟回话，董云在旁边很坚决地回绝道，不行，这个事不行，怎么能让你出学费呢？

阿姨，这有啥呀？如果两个孩子真是……将来真是成了，那咱们就是一家人了。

郝卫琴解释着，将来……再说了，我们现在有这个经济条件，又不是太多……

董云固执地摇着头，那也不行，反正是不行，文娟，这个事我说了算，不管说出什么理由，我都不能同意这件事。对了，你可别怨我老太婆说话不礼貌，我家琪琪的事和你家叫东方剑的那个孩子，我看他们俩不要再处了。

董云把话说得冷冰冰的，郝卫琴只好站起身来很无奈地望着李文娟。

李文娟把郝卫琴送到走廊，郝卫琴悄悄地指了指里面，那眼神是问李文娟这到底是怎么回事呀。

李文娟小声地告诉郝卫琴，这个我也不明白，大姐，孩子的事以后咱们再慢慢商量，你别往心里去，我婆婆她有病，她……

郝卫琴点点头，行，咱们来日方长。

董风赶到医院的时候，医护人员刚刚抢救完董云。

李文娟悲伤地对董风说，舅舅，你可来了，方才我妈她……

董风赶紧走过去拉住董云的手，姐姐，我来了，听说你有事找我，你……

董云点点头，你快点儿给郝国栋打个电话，就说我有要紧的事让他过来一趟，你要快。

董风疑惑地望着董云，你说的就是人大的郝主任吗？

董云点点头，不是他还有谁？你快点儿吧。

董风拿出手机拨通了郝国栋的电话。

郝国栋在电话那边答应着，说马上就赶过来。

董云听说郝国栋要来了，放心地点点头，你们出去吧，一会儿我要和郝主任单独谈一谈。

董风和李文娟交换了一下眼神，都有些疑惑地望着董云。

董云艰难地抬起手挥了挥。

董风和李文娟两个人悄悄地退出病房。

郝国栋正准备出门，嘴里还念叨着，你说说，这四十年，刚给我来第一个电话，可是她却躺在了医院里。

孟倩赶紧走过来，你是说小云她……

方才董风来了电话，说让我马上过去一趟。郝国栋表情忧伤地望着妻子，可能这一次董云的病不轻，要不然的话，她也不会……

孟倩关切地说，一会儿你过去，看看什么样子，如果需要的话，你给我来个电话，我也赶过去看看她。郝国栋感激地望了望孟倩，行，你等我的电话吧。

当郝国栋赶到董云病床前，董云的神情比以前好多了。

郝国栋走过来关切地望着董云，你看看你，怎么不早点儿告诉我呀，病成了这个样子。

董云定定地望着郝国栋，其实我是不想告诉你，可是在我临死之前还有一项重要的事情要跟你说，如果我不说的话，我……

郝国栋劝解着，有话你就说吧，你看看我还能有什么事情帮上你的，你快说别客气。

董云喘了一会儿气，望着郝国栋，轻轻地问，你还记得四十年前的事情吗？

郝国栋点点头，那我怎么能忘呢？现在想起来就像昨天。

董云忧伤地说下去，四十年前的事情你是知道的，当时咱们两个……我现在不说这个了，我当时真是不想活了，我也不想连累你，所以就给你写了那封信。

郝国栋焦急地望着董云，可是你……你怎么也不应该在我回来之前就和别人结婚啊，我……

郝国栋还想说下去。

董云摆摆手，你的心我懂，说实在的，你当时如果和我走到了一起，你会有今天吗？不管怎么说，你在咱们东江市也算是干出了一番事业，牺牲了自己个人的情感，能为老百姓干些事情，也是值得的。

郝国栋摇摇头，如果让我选择的话，我宁可不干这些事情，也选择和你在一起，可是你……

董云又喘了一会儿气接着说下去，你的心意我能不懂吗？所以我在你回来之前就和王信成举行了婚礼。按说你才是我这一辈子唯一爱过的男人，可是我家老王也是这一辈子对我最好的人，他把福生当成了自己的亲儿子，不管怎么说，从这一点上，我是感激他的。

郝国栋听了董云的诉说，心里一惊，你说什么？福生他……

董云点点头，这个在我们结婚之前王信成就知道，他在临死的时候，就想让福生去找你，可是我不同意，就把这事情瞒了下来，我现在要跟你说的是，福生是你的儿子。

郝国栋惊呆了，你说他……福生他……

董云点点头，可是我抚养了他四十年，他也已经娶妻生子了，孩子都快考大学了。可是我对不起你，我现在不能马上把福生交给你，因为他出事了。

什么，福生他出事了？郝国栋焦急地问，他到底出什么事了？你快跟我说呀。

行，不管怎么说，我把福生的事跟你说了，我也算完成任务了，下面的事，也该是你这当父亲的尽尽责任了。

郝国栋连连点头，你快说吧，需要我做什么，我都会做的。

董云望了望郝国栋，那好吧，我告诉你现在福生的情况……

在医院走廊上，董风和李文娟悄悄地说着话。

董风问李文娟，你知道是怎么回事吗？

李文娟摇摇头，我妈从来没说过，她原来认识郝主任，看来两个人的关系……

董风点点头，我也不太清楚，只是后来我参加工作之后，在郝主任的手下，那些年多亏了郝主任对我的关照，无论是生活还是工作，他像对亲弟弟一样对我，现在看起来这也是有一定原因的。

李文娟点点头，是吗？你看我妈这个人，一瞒就瞒了这么多年，她原来和郝主任有这样的关系，如果早知道的话，咳……

病房里，郝国栋在董云面前已经是热泪盈眶了。

小云，你别说了，你什么都别说了，郝国栋擦了擦眼泪，我知道怎么办了，你放心，我一定救出福生，让他赶紧回到你的身边来。

董云艰难地点点头，那就请你费心了，我现在是没有办法了。

郝国栋站起身来，你不用操心了，你只管好好养病，这件事由我来处理。

郝国栋说完，大步走出门去。

郝国栋来到走廊里，眼睛盯着李文娟，你就是文娟吧，你告诉我，福生那件事，现在还差多少钱?

李文娟忧伤地低下头去，小声地说，还差六七万，可是……

董风，你和文娟在这里等着，我马上就去办。

董风望着郝国栋，有些愣了，想说什么又说不出来。

郝国栋说完，大步向外面走去。

郝国栋回到家里第一件事便匆匆地问妻子，咱们家里现在还有多少钱。

孟倩望着郝国栋，你说的是那些存款吧，几个存折加起来，昨天我还算了一下，一共八万元。

郝国栋点点头，那好，你现在都拿给我，就算我借的，以后我会还给你的。

孟倩疑惑地望着丈夫，你说的什么呀，自己家的钱，什么借不借的，是不是小云她……

郝国栋点点头，这个事一句话两句话说不清楚，等明天我会好好跟你解释的。

孟倩打开抽屉拿出几个存折交到丈夫手里。

郝国栋点点头，又转身走出门去。

在医院的走廊上，郝国栋把那几个存折交到李文娟的手中。

李文娟望着郝国栋不知说什么好。

郝国栋望着李文娟，你什么都不要说了，你现在就去把钱取出来，把钱凑齐了赶紧交上去，其他的事情由我和你舅舅办。

李文娟含泪点点头，郝主任，你看看……还让你……

你什么都不要说了，以后你会明白的，郝国栋指了指里面，你妈现在怎么样了？

李文娟望着郝国栋，擦了擦眼泪，刚睡下，我……

你快去办吧，什么都不要想，越快越好。

这一觉董云睡得非常香甜，她觉得自己赶了很远很远的路，现在终于有了一个休息的机会了。

等她睁开眼睛的时候，天已经暗下来了，李文娟坐在她的身边。

董云望着李文娟，声音低沉地说，郝主任是不是把钱交给你了？你……

妈，你就放心吧，事情我已经办妥了，钱我已经全都还上去了，福生的事情，这回办妥了，其他的你也别上火，我都跟检察院的领导说明白了。

董云点点头，文娟呀，还有一件事，妈想让你去办一下。

李文娟点点头，妈，你快说吧，什么事？

你还记得我的那个柜子里下面的那个小铁盒吗？你现在就回家去把它拿来。

李文娟有些不解地望着婆婆。

你什么都不要管，你去拿来，到时候你会知道的。

李文娟点点头走出门去。

当李文娟回到家里，把那个铁盒拿到病房交到董云手上的时候，董云就像办完了一件大事一样，嘴角露出了难得的微笑。

李文娟突然接到徐景龙打的电话。

一听见电话那边的声音，李文娟心里的火腾地一下就上来了，对着电话吼着，你还敢给我打电话，你还是人吗？现在搞得我已经家破人亡了。

徐景龙在那边耐心地解释着，你放心，这件事真不是我说出去的，可能是你们药厂在查账的时候，把电话打到了我们的财务上，财务上我也没有交代，所以可能是他们说出去的。不管怎么说，这个事我也有责任，如果要怨的话，你怨得也没错。

李文娟咬牙切齿地说着，你能这么说，你以为我就会原谅你呀，我可恨死你了。

徐景龙继续解释着，你看看，不管怎么说，有谁坏你我也不能坏你呀，不是有那么句话吗？一日夫妻百日恩……

闭上你的臭嘴，李文娟对着电话喊着，我和你有什么恩哪？你把我整苦了。

徐景龙继续说着，你听我说嘛，文娟，听说你家出事了，我这心里也很难受，可是大忙我帮不上，现在我就表达一下我的心意吧，我给你汇去两万元钱，不管怎么说，就是这一点儿意思。

听见徐景龙这最后的一句话，李文娟本想拒绝，可是她转念一想，这个钱不要白不要，反正……

李文娟想到这里，对着听筒说下去，只是口气比以前平和了一些，还算你有良心，好吧，这个钱就算我借你的，以后我有了会还给你的。

看你说的，还什么呀？我不是跟你说了吗？这个钱是我送给你的。徐景龙继续解释着。

李文娟对着电话还想说些什么，可是又不知道说什么。

徐景龙接着说，文娟呀，不管怎么说，咱们……以后咱们还是朋友，不管你什么时候到沈阳来，你可千万到我这里来呀。

李文娟对着电话说了一句，以后的事谁知道呀，再说吧，就把电话关掉了。

李文娟回到病房，董云关切地向李文娟询问着王福生的情况。

我到检察院的时候都说了，可能是郝主任和舅舅的努力，说咱们还款及时，没有给国家造成什么损失。这不是吗，我舅舅刚才打来电话，说福生可以办保释出来了。

董云兴奋地抓住李文娟的手，真的吗？真是太好了，你赶紧告诉你舅舅，让福生出来赶紧到我这里来，我有大事要告诉他。

李文娟点点头，妈，我知道了，我现在就去打电话。

王福生连衣服都没来得及换，便快步跑到董云的病房里。

王福生走过去拉住董云的手，妈，你怎么样了，我……

董云望着儿子，轻声地说，我现在还行，你终于出来了，这回我也可以放心了，我去见你爸的时候，也不用……

王福生焦急地望着母亲，妈，你怎么说这种话呀？医生说了，你的病没事，住几天医院就会好了。

董云摇摇头，你就别瞒我了，我自己的病我非常清楚，现在我要告诉你一件事。

王福生望着母亲，眼神里全是询问。

董云从枕头下面把那个铁盒子拿出来打开，从里面拿出一封信递给王福生。

董云望着王福生，这是你爸临死的时候写给你的，在我手里一压就是十年，你爸的意思当时就想告诉你，可是我不同意，现在我……我的日子不多了，如果说这件事告诉你晚了，那你怨就怨我吧。

王福生打开信看着，满脸悲伤的表情。

王信成的那封信里这样写道：

福生：

我就要去了，我知道这是最后的时刻了，我这辈子没有什么遗憾的，和你母亲走到一起之后，我感到我这辈子很知足，尤其是生了你之后，从小到大，我都把你看成是自己的亲儿子一样，你也很懂事。现在你也长大成人了，有了自己的事业和生活，也娶妻生子了，我相信你现在能够理解做父母的那种心情了。有一件事情在我心里压了三十年，本应该早就告诉你，可是我又舍不得，我怕把真相告诉了你，你就不当我的儿子了。可我现在想明白了，我就是告诉了你，你也永远会是我的儿子。我现在就告诉你，你不是我亲生的儿子，你的亲生父亲是咱们市的副市长郝国栋。这件事我在和你母亲结婚之前就知道，我不应该把这件事瞒到现在，可你母亲说现在也不想告诉你，将来什么时候她会告诉你的，我现在只能把这封信留下来交给她，让她来决定这件事情。我这辈子活得很快乐，真是舍不得你们呀……

王福生读着信，已经是泪流满面了。

王福生望着母亲，妈，这是真的吗？我……

董云艰难地点点头，是啊，那上面写的都是真的，你爸临终的时候，想亲口告诉你，是我不同意。我觉得你爸那个人虽然这辈子没干成什么大事，可是他对你，这你都是知道的，比亲生的父亲还要更疼爱你，对我就更不用说了。我不忍心告诉你呀，如果你怨就怨我吧。

王福生紧紧地拉住母亲的手，摇着头，不，不，我爸永远是我爸，我……

董云点点头，我知道你是一个懂事的孩子，可是我现在告诉你，倒不是因为你爸的信，这次你出了事，我和文娟商量着，实在是没有更好的办法。再说了，咱们中国老百姓有这么一个传统，那就是认祖归宗，不管怎么说，我不能让你这么糊糊涂涂地活一辈子，你有权利知道你亲生的父亲是谁，更何况这次你的亲爹郝国栋把自己家所有的存款都拿出来才把你救出来的。其实这件事也不怨郝国栋，我怀上你的事情，他本人也不知道，我这一瞒也是瞒了他四十年，如果他早知道的话，他也……

王福生含着眼泪点着头，妈，我明白，我明白……

郝国栋家里坐满了人。

所有人的眼光都集中在郝国栋的脸上。

郝国栋终于开口了，今天把大家找来，我要向你们宣布一件事情。

屋子里的人看着郝国栋，都不知道郝国栋要说什么事，互相观望着，只有孟倩的表情很平静。

郝国栋继续说下去，这件事情还得从四十年前说起。四十年前，我中专毕业的时候，和我一起分到咱们东江市的有你们的母亲还有我……另外一个人就是现在躺在医院里得了重病的你们的董云阿姨。

郝卫琴几个人听着父亲的话都吃惊了，这个事情父亲怎么从来没有说过呀？

郝国栋继续说，这件事放在我心里四十年，可是有的事情连我自己也不知道。你妈是知道的，我们在读中专的时候，你们董云阿姨和我两个人正在处对象。可马上就要结婚的时候，你董云阿姨的父母出了事，你董云阿姨带着董风，董风当时才十来岁，她不想活了，就跳进了北面的松花江，后来被王信成救了。她也是不想拖累我，怕她的家庭背景对我造成什么影响，当时我正出差到外面去，等我回来的时候，她已经和王信成结婚了。她让她弟弟送给我一封信，那信上说了她的想法。当时我也很难受，这件事你母亲都知道，现在我要告诉你们的事情是，你们还有一个哥哥，他就是董云的儿子王福生。

郝国栋说到这里，抬起头来望着屋子里所有的人。

所有的人表情都很沉重，可是听到他说的最后一句话的时候，大伙都感到很吃惊。

郝国栋继续说下去，我也不知道，你们的董云阿姨也是瞒了我四十年，但是她和王信成结婚的时候，她告诉了王信成，这次是王福生出了事情才告诉我。对了，昨天我把家里的存款全都拿出去了，才把王福生从检察院里保释出来，因为他的妻子李文娟炒股挪用了公款，王福生被抓进去了，而你们的董云阿姨现在已经被确诊为胃癌晚期，在这个时候她觉得没有力量再保护自己的儿子，所以就把事情告诉了我，我……

郝国栋说得很激动，有些哽咽了。

郝卫琴走过去搂住郝国栋，爸，您别说了，我们都明白了，爸，咱们一家人赶紧去看看我董云阿姨吧。

郝国栋拍了拍女儿的肩膀点点头，行，你们也应该认识一下你们的哥哥了。

在路上，一家人的表情都非常沉重。

郝卫琴小声地对身边的东方志远说，志远，这回你明白了吧？

东方志远望着郝卫琴，我明白什么了？

郝卫琴瞪了丈夫一眼，还什么，你忘了，就是咱们儿子和那个叫王琪的孩子的事呗，老太太，对了，董云阿姨说什么也不同意，你忘了？

东方志远点点头，是啊，当时咱们不知道，可是她知道呀，因为咱们的剑剑和那个琪琪是有血缘关系的表兄妹呀。

东方剑坐在车里也很吃惊，你看看这个事，真是差一点儿和我的表妹……

东方志远瞪了儿子一眼，你还说呢，如果你的学习像你表妹一样，我也不用操那么大心了，其实在国内上学也挺好的，你看你。

东方剑故意叹了一口气，咳，我这人命也够苦的了，好容易相中一个女孩，你看看，还是有血缘关系的表妹，也真是的。

郝卫琴小声地叮嘱着儿子，不管怎么说，以后你表妹家有什么事，咱们能帮的一定要帮呀。

东方志远点点头，是啊，那琪琪想出国的话，还是那句话，学费由咱们出，到时候你问问她。

十四

董云的病房里站满了人。

郝国栋一家和王福生一家都站在病床前。

郝国栋望着董云，董云抬起头来望着屋子里所有的人，她知道这是最后的时刻了，她要记下每一个人的面孔，她静静地把目光从每一个人的脸上扫过去。

董云向王福生招了一下手，王福生赶紧走到母亲身边。

董云又拉过郝国栋的一只手，郝国栋和王福生对视着，在静默中交流着用语言都无法表达的那种特殊的情感。

董云想对两个人说什么，喘着气，又说不出来。

董云使尽最后的一点儿力气，把两个人的手放到了一起，便永远闭上了眼睛。

墓地上，王福生和李文娟静静地把一个花圈放到母亲的墓前。

郝国栋一家人和王福生一家人向董云的墓碑三鞠躬。

众人一步三回头地离去，王福生一个人在墓碑前静静地站着。

两天之后，郝国栋领着一家人来到了王福生家。

李文娟热情地接待着郝国栋一家人。

郝主任……爸，你们快坐呀，快点儿，我给你们倒茶。李文娟把对郝国栋的称呼马上就转换了过来。

郝国栋有些感激地望着李文娟，领着一家人站到了董云的遗像前。

郝国栋一家人对着董云的遗像三鞠躬。

一家人围坐到沙发旁，郝国栋语气低沉地说，福生、文娟，这个事情知道得太晚了，不过，咱们活着的人以后还有很多日子要过，按说我这个当父亲的没有尽到责任，以后就由我来努力补偿吧。

李文娟激动地望着郝国栋，爸，看您说哪儿去了，以前谁知道这件事啊？要不是福生这次……如果说感谢的话，还得感谢您呢，还有阿姨，你们一家人，要不福生可能现在还在看守所里呢。

郝国栋望着王福生，福生，不管你现在认不认我，可是咱们毕竟是亲生父子，以后你工作和生活上有什么事情，如果需要我帮忙的，你千万要说话要吱声。我觉得我这么多年在东江市，当了这么一个不大不小的官，工作还是尽心尽力的，毫不惭愧地说，我对得起党对得起良心。可是当我面对你母亲的时候，面对你们这一家人的时候，说真的，我真是有愧呀。

王福生抬起头来望着郝国栋，您别这么说，我……

郝卫琴走过来坐到王福生身边，哥，我挺高兴的，我还有你这么一个哥哥，以后咱们就是一家人了。对了，我和志远都商量了，如果琪琪将来想出国的话，我们当姑姑和姑父的给孩子出那笔学费，你们千万别客气。琪琪，姑姑说的话你记住，你千万别客气，你想出去的话，就和剑剑一起出去，相互也是一个照应。

王琪激动地走到郝卫琴面前，拉住郝卫琴的手，姑姑，我知道，我知道了。

高考那天，外面的路被封住了，大门口人山人海。

家长们都在那里张望着等待着。

东方剑和王琪开着玩笑走进校园。

表妹，怎么样，如果考不好的话，我看你还是陪我去英国留学吧。东方剑望着王琪说。

王琪瞪了东方剑一眼，你哪像一个表哥的样啊？你臭美吧，我可不陪你去，我要好好发挥，争取考上一个国内的好大学。

东方剑乐了，行，不管咱们谁考好了，都得请客，还有，这回你不能给我发信号了吧？

王琪望着东方剑也笑了，怎么，你还没有把我姑姑的奖金骗到手呀？我告诉你，等我考完了试，我就告诉姑姑，看她怎么收拾你。

我求你了，我求你了不行吗？东方剑做出投降的姿态，你可千万不能告状，如果告状的话，我老妈不得打死我啊？

你就贫吧，王琪转身走向了自己的考场，我不跟你说了，我得集中精力好好考试了。

大门口，郝卫琴和李文娟在向里面张望着。

也不知道这孩子能考怎么样。李文娟望了一眼郝卫琴说。

我看你家琪琪肯定错不了，你不是说她平时学习不错吗？再说了，我们家剑剑可是没少夸你们家琪琪呀，说她各科都很平衡的，郝卫琴说。

李文娟表情有些沉重，向里面望了望，那也难说，再说了，高考这事他们都是第一次经历，到时候考场的发挥还是一回事呢，你没听人家说吗？不少人平时学得不错，可是一到考场，脑子一片空白，什么都答不上了。

郝卫琴劝解着，我看琪琪不会那样，你放心吧。

这时，李文娟的手机响了，李文娟打开手机一看是徐景龙的电话号码。

李文娟拿着手机走到人群边上，你怎么还来电话呀？我可烦死你了。

徐景龙在电话里耐心地解释着，你听我说，你别关机，这个事真是和我没关系，我已经都打听明白了，是那个张文财使的坏。

李文娟怒斥着，你就是不说，我也知道。

徐景龙在电话里继续和李文娟套着近乎，不管怎么说，咱们也算……不管怎么说，咱们还算朋友吧，将来你不管什么时候，只要到沈阳来，你可千万到我这里来呀。

李文娟对着手机大吼着，等着下一辈子吧。

李文娟走过来，郝卫琴关切的眼神望着李文娟。

李文娟把手机往高了举一举，是一个浑蛋，他老缠着我。

郝卫琴笑着望着李文娟，我看也是，你说你哪像四十多岁的人呀，如果不和你家琪琪站在一起，人家都以为你三十几岁呢，如果我是男的的话，我恐怕也……

李文娟瞪了郝卫琴一眼，你怎么也胡说八道呀？

郝卫琴乐了，这不是和你闹着玩吗，你不是我嫂子吗？

第一天考试结束的时候，东方剑和王琪都觉得考得不错。

等在门口的郝卫琴和李文娟迎接着两个走出考场的孩子。

一看他们两个人的表情，李文娟便心里有数了，怎么样，考得还行吧？

王琪很自信地说，反正我会的全答上了，那些答不上的，我真的不会。

李文娟乐了，你这不是说废话吗？对了，你没问问剑剑怎么样？

这时，东方剑也走过来，正和郝卫琴说着。

东方剑显得大大咧咧的，我这次在考场里也就是走一个过场，反正我老妈已经把我出国的钱准备好了，到时候我随便选一个出去就行。

郝卫琴指点着儿子，你说说，像他这样的，这么不用功，就是到了国外我也不放心呀。

所以我说让琪琪陪着我，怎么样？舅妈，你就让琪琪跟我出去吧。东方剑走到李文娟身边。

王琪抢着话说，我可不出去，在那里生活习惯不适应不说，我还想家呢。不管怎么说，在国内上大学，回家也方便一些。

东方剑很无奈地叹了一口气，没办法，谁让我命苦呀。

几个人都乐了。

李文娟和王琪往家走的时候，手机突然响了，是王福生的一个朋友，说打王福生的手机没有打通，有一件事告诉王福生。

李文娟说王福生的电话这两天停机了，因为那天上街的时候摔坏了，有什么事你就说吧。

那个人在电话里非常高兴地告诉李文娟，说张文财喝醉了酒，把坏你们俩的事情自己说出来了，还说了自己怎么和外面的药店搞回扣的事情，还有贪污公款，这不是，这小子高兴得过了头，已经被检察院抓走了。

听到这个消息，李文娟心里高兴极了，咬牙切齿地对着手机说，该，这样的东西就该有这样的下场。

李文娟和王福生商量着，等琪琪上学走了之后，他们两个人还得为以后的日子做打算。

昨天舅舅不是说，让咱们在十字路口旁边开一个超市吗？还有，郝主任也说到时候帮咱们忙。

李文娟瞪了一眼丈夫，你说说你，都多大岁数了，还这么不懂礼貌，那不是你亲爹吗？

王福生用手挠了挠脑袋，可不知怎么的，我就是叫不出口，可真是的……

李文娟望着王福生乐了，你呀，脑袋就是有些木，要不就是下雨阴天老往外面跑，灌进水去了。

王福生瞪了李文娟一眼，在这方面我是挺服你的，可是有的时候你聪明得过头了，你说说咱们家这些事，这几年你整的……

李文娟打着手势，打住，不要再说了，你一提起这个我就闹心。你放心，以后我会踏踏实实地干好咱们家的事，把咱们的日子也踏踏实实地过好，不管怎么说，咱们还得往前奔。

第二天，李文娟路过股票大厅门口的时候，正碰见胖姐和瘦张站在那里。

哎呀，这不是文娟吗？可是好长时间没看到你了。胖姐热情地打着招呼。

瘦张也赶紧走过来，可不是吗，这些日子你干什么去了？

李文娟很平静地回答着，这不是吗，刚办完我婆婆的后事，孩子也刚刚考完学，估分完感觉还不错。我已经准备自己开一家超市，对了，就在那个十字路口旁边，到时候你们可要去呀。

胖姐疑惑地望着李文娟，怎么，那你……这股票大厅你就不来了？

李文娟痛苦地摇摇头，我命里就不该有这种财，这两年为了这股票我受的伤实在是太深了，我告诉你们吧，这辈子我再也不会碰那个东西了。对了，你们知道吗？我前几天在街边的卦摊上还算了一卦呢。

什么，你算卦了？胖姐有些迫不及待地问，你快说说，算的什么？

我告诉你们吧，李文娟爽朗地一笑，我算了这几年为什么在股市上老赔钱。

是吗？快说，快说，到底因为啥呀？瘦张和胖姐几乎是异口同声地问。

李文娟指点着两个人，告诉你们吧，那算卦的说我家养的一样东西犯冲，把我家的财运全都冲跑了。

你家养什么了？你还真信，算卦的话你也听？

就是我这几年当宝贝一样养着的那盆绿萝呗，李文娟也拍着手，我当然不信了，可我一看到那盆绿萝，还是会想起这些年股市把我害得多惨，一狠心，扔了。

啧啧，真是太可惜了。胖姐不无遗憾和惋惜。

谁说不是呀？李文娟眼神里依然流露出不舍之情，我也养了它好几年了，能没感情吗？可是我一看到它心里就堵得慌，扔了，心也净了。

图书在版编目(CIP)数据

哪有那么容易 / 流岚著. — 北京 : 中国文史出版社, 2018.1

(跨度长篇小说文库)

ISBN 978-7-5034-9315-7

Ⅰ. ①哪… Ⅱ. ①流… Ⅲ. ①长篇小说-中国-当代 Ⅳ. ①I247.5

中国版本图书馆 CIP 数据核字(2017)第 144738 号

责任编辑：马合省　卢祥秋

出版发行：**中国文史出版社**
网　　址：http://www.chinawenshi.net
社　　址：北京市西城区太平桥大街 23 号　邮编：100811
电　　话：010-66173572　66168268　66192736（发行部）
传　　真：010-66192703
印　　装：北京盛彩捷印刷有限公司
经　　销：全国新华书店
开　　本：720×1020　1/16
印　　张：11.25　　字数：122 千字
版　　次：2018 年 1 月第 1 版
印　　次：2018 年 1 月第 1 次印刷
定　　价：42.00 元